# 那些陪我走過世界的故事

/ 查花

推薦序——Pazu 薯伯伯

# We learn by feeling, we also read by feeling.

查花（Chary）用了年半時間走遍七大洲，起點是香港，終點也是香港，走過的卻是有如虛幻的國度，德左、阿布哈茲、北塞浦路斯、索馬利蘭、納卡，幾個在國際上不被承認的國度，讀著後生細女娓娓道來的小故事，是遊記的焦點，比南極更吸引。

本書的字裡行間，景點描述不多，卻充滿著細膩的人物故事。在索馬利蘭碰見萍水相逢的學生，只因為她想找到手搖國旗，就花了兩天時間親自縫製國旗給她，成了最難能可貴的禮物。我想起自己在索馬利蘭時也有一個跟國旗有關的故事——當時我坐公車從首都前往北部重鎮柏培拉，車上一名小孩忽然拍拍我的肩膊，靦腆地遞上一個小戒指，上面印著綠白紅三色及清真文的索馬里蘭國旗。戒指很小，看起來就是小孩自己的玩具，我根本戴不上。不過收到時還是很開心，我喜歡這種無中生有的友善，突如其來的示好。

最美的風景線，果然是人。

查花外遊期間，剛好遇正香港動盪時刻，不易更改行程，但人身在外，晚上看著手機，跟進香港局勢。似乎不少思緒，也反映在文字當中。查花說起旅途上遇到的人，有人小時候在蘇聯成長，童年一點也不快樂，「從小開始就要上很多政治課，而那些歷史事件，隔個星期就換個版本。」又提到一名玻利維亞的父親說孩子在學校裡學習西班牙語，但回家還是要讓他們學習母語：「在語言上，我堅持要他們學會家鄉的語言，否則以後就再沒有人會說了。」談起超過二百萬人民手牽手串連成六百多公里長的「波羅的海之路」，抗議蘇聯壓迫，她欣賞人民追求自由的堅定。

香港人此時此刻讀起來，難免就有不少來自遠方的共鳴。

書中還有另一段同樣引起我共鳴的話——有阿富汗難民問她，為何人們總愛發問，查花說因為不明白，想求真。阿富汗的難民卻說，只是發問的話，學到的其實很少，因為：「We learn by feeling.」

We learn by feeling, we also read by feeling.

疫症期間，雖不能外遊，但旅行從來不在乎遠近，閉關自守，是時候用心去感受一本真摯的旅途故事集。

**Pazu 薯伯伯**

旅遊寫作人，著有《風轉西藏》、《北韓迷宮》、《西藏西人西事》及《不正常旅行研究所》，分別在香港、北京及首爾出版。

推薦序——東方昇

# 「把每次旅行都當作第一次旅行」的女孩

我好記得二〇一七年四月末，我跟咗一個香港旅行團去北韓，我哋一團十幾人由丹東出發坐火車去平壤。由於當時我都打算將嗰次去北韓嘅經歷寫書同拍片，所以喺火車上面，我正喺度R爆頭咁煩惱緊有乜有趣嘢要記低呢？到埗之後要拍乜片呢？

喺呢個時候，我聽到隔離有把女仔聲不停喺度講嘢，於是我伸個頭去眅眅，見到個細細粒嘅女仔手舞足蹈咁喺度拍旅遊vlog，我見佢嗰種興奮雀躍嘅程度，心諗：呢條女第一次去旅行呀？使唔使咁high呀～

後尾先知，原來佢就係查花。嗰次旅行之後，我同佢成日見，大家唔好誤會，我指嘅係喺Facebook成日見。我見親佢post啲相，佢都係又去咗世界唔知邊個角落旅行，一時非洲，一時南美，一時中東……我諗如果有日佢喺Facebook話自己去咗火星，我都唔會特別驚訝，然後我會立即inbox佢，叫佢分享去火星旅行嘅經歷，我期待呢個細細粒嘅女仔又會好興奮雀躍咁同我分享，就好似佢第一次去旅行一樣。

**東方昇**
「100毛」

推薦序——鄧緯棨（Bird）

# 旅者的一點點

旅行時，你想做遊客（tourist），還是旅者（traveller）？

簡言之，遊客本質上是客人，去看別人為你安排好的東西；旅者本質上是創造者，主動地為旅程賦予意義。兩種身分本來沒有高下之分，但作為為推廣「世界公民」而成立的慈善機構創辦人，我當然是更希望參加者能成為「旅者」。

初次認識查花是二〇一五年與青年廣場合辦一個名為「義世組——國際義工大使」的選拔計劃，從三百多名參賽者中選出對義工服務最具熱情的五十名「沸青」，而作者正是其中一個令我印象深刻的勝出者，成為了出發土耳其的香港義工代表。坦白說，我不覺得「義工」有甚麼客觀條件分高下，但我可以肯定的是，她必然是個旅者。

問起她那次義工營對她有甚麼意義，她的回應是：「啟發出我日後旅行會凡事諗多啲，做多啲。」這回答看似平平無奇卻其實又貼地踏實，更重要是她實際上到底想多了甚麼，又多做了甚麼，有幸看過她的旅途故事集，這「一點點」終於「滴水穿石」成了一本充滿啟發的優質讀物了！

「世界極大，故事太多，人生有限，文字更少。」這十六字大概總括了我旅行的目的和模式，也正正是我喜愛查花的文字的原因。對我而言旅途上最值得收集的從不是景點名勝，卻是一個個有血有肉的真人故事，感受他們的人生就變相令自己的世界也變大，有時甚至感覺多活了一世！但在旅途上，見聞逐點累積的同時記憶卻逐漸褪色，所以唯有文字才能成為最誠實可靠的容器，穩妥的將當刻的意義和感悟保存，甚至將之分享給別人。

查花的文字簡樸而真摯，雖然沒有驚心動魄的故事橋段，但卻處處都看到有關自身和世界的探索和反思。若你旅行時與我一樣，不甘於只用遊客的眼睛看世界，這本書就是查花作為一個旅者送給你的一份精緻禮物。

**鄧緯榮（Bird）**

義遊行政總監兼聯合創辦人

推薦序——雲海

# 非一般港女旅遊作風

老實講，本身並不認識查花，一切源於一個電台節目——

話說某個星期六下午，定時扭開香港電台第一台追聽我老友 Zeno 的長壽節目《旅遊樂園》，當日的訪問嘉賓就是查花。她確實有別一般的旅行者，首先令我另眼相看的，是她竟然從格魯吉亞向西進入了一個全球都不承認的獨立國家阿布哈茲！莫講話去過，我相信絕大部分香港人連阿布哈茲也未聽過！

而我繼續聽下去，這個小女子更加令我意外，就是她前往阿布哈茲的原因——事緣她看到蘇聯時期的一些秘密實驗資料，當年他們進行的猴子換頭實驗，就是在阿布哈茲某個地方進行，查花就衝著它而去！就算有些香港人聽過阿布哈茲這個地方，絕大部分也不知道有這個實驗存在或者實驗的進行地方在哪裡？她卻親身到達了！這已經肯定不是一般港女的旅遊作風，於是乎我已經主動聯絡 Zeno，表示希望要認識這位旅遊達人！

說來巧合，另一邊廂，我另一個老友，幫我出版《雲詩三百首》的編輯找我，說希望我幫一位新作者寫序，一問之下竟然就是查花！

於是乎我就約好大家四個一齊吃餐飯，當晚談天説地，無所不談，加上大家分享在旅遊時的點點滴滴，比起一切旅遊節目更加精彩，所以我深信，查花在本書中的旅遊點滴，一定可以喚起大家一絲感受，一同脱離凶險香港社會的空間！

**雲海**

全名陳雲海。傳媒界的頑童，有些不受控；喜歡周遊列國尋幽探秘，除了愛探索古靈精怪東西之外，也熱愛尋求社會真相。投訴是另一種嗜好，別人稱他為「炸兩俠」！

推薦序 ——— Zeno

# 查花旅

在我的旅遊記憶中，曾在路上認識不少的長途獨行客，他們的行程以年計算，走過的城市數以百計。各人都有不同的出走理由，但愈走得久的，似乎愈沒法說歸期。而令我印象最深刻的，都是一些女性的長途旅遊人，每次聽到她們出走的故事，都令我嘖嘖稱奇。

作為一個男性旅遊人，我常認為女士要作長時間的獨遊，其實是頗多顧慮的；一來她們要考慮自己的體力，二來更要擔心安全及被騷擾的問題。而我認識的長途女客，偏偏是身材纖纖，弱不禁風，但當她們與我分享旅遊故事時，我很自然地比下去，輸的不是到過地方的多寡，而是去旅行的心態。因為真正享受獨遊的旅人，根本無分性別、體能、年齡或國籍。而以上所謂的迷思，可能在生理上是成立，但往往能支撐一個漫長的旅程，所需要的條件就是你的態度及決心。

這些獨行女俠的故事告訴我，旅行可能是對自我修行的一場磨練，可能是滿足自己好奇心的一種方式，也可能是尋找自我的一個過程，總之你要有一種旅遊的態度及目的。

很多人以為獨自遠行需要很大的勇氣，才可解決路上的困難。但這些長途旅者又會告訴大家，她們最需要勇氣時，其實是在決定離開舒適區而出走的那一刻。

查花給我第一個印象，是一個纖瘦型的女生，説話不多，很專心聆聽別人説故事。後來她突然決定出走，沒有舉行甚麼歡送會，便獨自踏上旅途。

原來最初她只打算去印尼一趟，小休後回港再計劃，但她成了脱韁的野馬後，在路上遇上更多好人好事，旅程不時隨著當下狀況而調整，歸期無限地延長，一個本來是幾十天的小旅行，最後變成五百多天的旅程，為的就是趁年輕時多些了解世界。

花了五百多天，她走過大半個地球，已由當天的靦腆女生，蛻變成剛強的獨行女俠。她特別喜歡走訪冷門的國度，探望鮮為人知的異域民族，了解在地球村彼端的人和事，盡量把自己連通世界。在外面闖蕩的日子，她更了解自己的文化身分，在吸收異地文化之餘，也更關心自己的根。

查花這趟旅程雖然走了五十多個國家或地區，但這本書並不是一本目的地遊記，她沒有介紹世界各地的名勝古蹟，而是記錄了旅途中不同的人事點滴，全是與地球村溝通的對話。她每篇文章都是有血有淚，沒有灑狗血或催淚的故事，只有感性的人情回憶。

她從旅行中深求各地的文化差異，再去思考人類文明與人性的問題。她所寫的正是旅者應該要體會的人文風景，以及擁抱世界的做人態度，尤其是我們正處於大是大非的年代，要香港立足世界，持續成為國際大都會，這種普世的價值觀更誠可貴。

雖然查花曾說過這次可能是她人生最長的旅行，但對旅行者來說，沒有甚麼事是不可能，我期待你將來會有更精彩更長的旅程。

**Zeno**

香港電台第一台《旅遊樂園》主持

自序——查花

# 那個陪我走過世界的背包

猶記得當天跳上印尼的小巴，全都沒寫上價錢，我與幾位背包客下車，頂著炙熱的太陽，你一句我一句的跟司機議價，肩上的背包彷彿沒半點負擔。我們就這樣帶著足夠但不充裕的物資走，背包是我們的所有，喜歡就停下來收集回憶，然後揹著回憶上路。

回憶是最好的紀念品，它不佔行李的重量，只會在心裡佔下位置。七老八十，回眸一瞥，當天那個不怕顛簸流離的自己，那些不惜一切去填飽生命的日子，都會變成我最懷念的瘋狂歲月。

我嚮往人與人之間的邂逅，喜歡與別人的心靈來個親密的碰撞。他們每一位，都帶我走進一個不曾體驗過的世界，有些讓我明白生活有著許多的可能性，有些教會我如何去愛，有些則令我學懂放下。

他們亦讓我知道，生命之所以能發亮，是因為他們在交互影響著，透過穿梭在彼此的故事之間，我們交換話語，勾勒感受，透澈意義，讓故事的溫度燃起火花，傳遞至地球的另一隅。

這些故事，不一定轟動如電影，也未必有高潮迭起的情節，但卻真真實實地存在於世界上的某個角落，當中再平凡的過客，也能成為最耀眼的小人物。

回憶中的旅程總是甜苦參半，恍如人生，也許不盡是完美，但當中是甜中帶苦，抑或苦中帶甜，又有多少能轉化成後來的生活智慧，全憑心態。

到世界終結的一天，我能留下的，大概就只有這個背包。它記錄了我每一次的灰塵撲鼻，刻劃著各個人物的笑與淚，承載著我生命裡的所有重量，和所有力量，帶我跨越更多未知的領域，令我成為一個說故事的人。

在過去的一年半，我走過了印尼、印度、俄羅斯、波羅的海三國、北歐、中東歐、西歐、巴爾幹半島、土耳其、伊朗、南高加索、美國、南美及南極洲，也在非洲逛了十多國，沿途聽故事，也參與故事。

挑了些陽光明燦的日子，打開行囊，檢視那個廣袤的世界，回想一個個朦朧的身影，複習當中的人情世故，不違心地寫下了這本書。

陪我走一趟，經歷你、我、他那情感交織的旅程。

**查花**

# 目錄

## *Chapter 2* 文化與保育

## *Chapter 3* 愛意與情誼



## *Chapter 4* 領悟與反思

## *Chapter 5* 成長與學習



## 後記

第一章——Chapter 1

# 夢想與生活

# 1.1 ／ 讓自己記得的人生

//我在經歷我的人生，喜怒哀樂我都得用感官完全地接收，心繫當下那個軟弱的我、殘存的我、快樂的我、滿足的我、恐懼的我，學習生命帶給我的課堂，走過克服困難的過程，在無法依靠的時候，跟自己來一場浪漫的對話。//

也許流浪久了，對時間有一種麻木。要不是昨晚作出了一個人生的抉擇，冒著嚴寒從民宿的房間衝往二百米外的木廁所，我也不會遇上漫天煙花，亦不會意識到新的一年已靜悄悄地來臨。

在西伯利亞（Siberia）度過了二〇一九年的第一個冬夜，經過良久的掙扎後起床，與兩位在路上偶遇的妹妹跑到小斜坡上看日出。按下相機的快門，不過是數秒鐘的時間，手指已冷得疼痛不已。嘴巴呼出的白霧掩蓋了寒空的一抹粉紅，太陽徐徐升起，就如青春戲碼一樣，我們用盡氣力喊出自己的願望，彷彿世上所有稍縱即逝的景象都能令願望成真。

「我要環遊世界！」

「我要賺很多很多的錢！」

相比起兩位妹妹，我的願望並不那麼實在：

「我要過一個讓自己記得的人生！」

如果真的有位天神負責處理人類的願望，祂大概要花一點時間去理解我到底想要甚麼。

想起斯洛伐克（Slovakia）那場連續的大雨，一行五個人、兩隻狗，駕著一輛破舊的車，濺過泥濘，繞上高山，在寒風凜冽下説著那些無聊可笑的成長故事，唱著老掉牙卻琅琅上口的歌，哪管天氣濕冷，腳底盡是泥糊，頭髮凌亂不堪，但我記得，那一刻我們是快樂的。

在日本（Japan）打工時我在竹林裡騎單車，下斜時不慎摔倒，膝蓋流血不止的我終被送往醫院。醫生指著我的大腿説了兩聲「Cut！」我以為他要切掉我的腿，在那風雲突變的節骨眼下驚恐了好幾個小時，後來才知道那是語言不通下的一個笑話。鬆一口氣後我繼續去抬三、四十公斤的薯仔，還在除夕夜拐著腿到寺院敲響第六十九下鐘，直至聽到第一百零八下鐘聲結束，如夢初醒。

那個不知天高地厚的我走到澳洲內陸（Outback）的荒野生活，那裡沒有電視和網絡，要用「Hot

Water Donkey」燒柴煲水的方式洗澡。每晚八時左右，一早儲下的太陽能電力會「噗」一聲用完，我靠著一盞黯淡的菜油燈在日記簿寫下最真實的文字，跟別人於秘靜的森林中毫無保留地分享喜與悲，最後與天邊星宿大被同眠。

有時我會刻意讓自己受一點苦，活得太容易我怕我會遺忘、會不珍惜。在聖彼得堡（Saint Petersburg）曾省下相等於一歐元的車錢，揹著十多公斤的背包，摸黑在冰上走了一段長時間。在撒哈拉沙漠（Sahara Desert）跟著一位朋友不睡帳篷，跑到沙丘頂睡覺，任由寒風刺骨、塵土蓋臉。在烏干達（Uganda）為了不想風景匆匆擦身而過，堅持負重走了十二公里路，走到T恤濕透、鞋子都快破了，才覺得自己確確實實地生存著。

我在貝加爾湖（Lake Baikal）哭得喘不過氣，於零下四十度的氣溫下被司機爽約，擦乾眼淚後我就一直跑，我知道我會想到辦法的。戴著防毒面具爬入濃霧繚繞的伊真火山（Ijen），以為那硫磺的味道已夠難受，誰知在高溫下走爾塔阿雷火山（Erta Ale）才是真正的挑戰，在滾燙中我吐出了一句「我可以的。」在伊拉克（Iraq）的關口收到朋友S安全的消息，很微小的事情，但我記得。

那些在我腦海中掠過的畫面，都是我用力去活著的時光。那不只是在順境中享樂，也有在逆境中不言放棄，亦有一些細微卻又曾觸動我心靈的事情。我在經歷我的人生，喜怒哀樂我都得用感官完全地接收，心繫當下那個軟弱的我、殘存的我、快樂的我、滿足的我、恐懼的我，學習生命帶給我的課堂，走過克服困難的過程，在無法依靠的時候，跟自己來一場浪漫的對話。

不被過去與未來所佔有，專注地把自己沉浸於此時此刻，好好享受。

珍惜陽光的溫暖，也感激雨水的沖擊，它們都能成為我們生命中的珍貴回憶。

也許經歷是可一不可再，所以更要心無旁騖地去感受；或許與你不會再見面，所以此刻只想緊緊擁抱。讓每一個足印都帶著重量，每一個擁抱都留下溫度，每一個時刻都值得去記載。

兩個月後，我在烏克蘭（Ukraine）刻了幾隻字在身上：「живи одним днем」，是俄語的「Live one day」，在他們的意思是「活在當下」。

「祝你得償所願！」我與兩位妹妹互相祝福，以能驚動蒼天的聲響，對著空無他人的雪地大喊，感覺很踏實。

嗯，就是這種感覺了。

## 1.2 ／ 練習說再見

// 我每天也在適應，適應這些人只能陪我走一段路。我每天也在練習，練習相遇、相聚、分離，掌握說「再見」的時間、速度、溫度，直至有天我能將這兩個字輕鬆自然地說出口。//

說再見，大概是人生最難上的一課。

旅人的生活看似精彩，但其實我們每隔一段時間就要換一次環境，見慣了的人、住慣了的客廳、吃慣了的一檔炒飯，才剛留下感情，卻在轉眼之間，就要說再見。

記得當天在印尼的婆羅摩火山（Mount Bromo）下遇見三個讓我敞開心扉的靈魂——同是來自德國（Germany）的情侶 C 與 A 和獨行男生 O。

風輕輕拂過，他們靠著昏黃的街燈送我去旅舍，明明它就在轉角盡頭，但誰也不想拐這一個彎路。

這已是我們第三次說再見了。之前各自把行程改了又改，卻又裝作巧合，為的不過是跟大家多相處片刻。

C和A是一對頗登對的情侶，兩人都很外向和愛冒險，喜歡拉我到不同的海灘衝浪，有時我們甚麼都不帶，就比賽擲石子，或衝到海中高舉雙手，在大浪打來時用力跳起，迅即被擊進水裡，隨水漂浮，游出水面時只聽見一片笑聲，然後跑到沙灘椅坐下，喝著椰汁聊天看日落。

晚上他們總會陪我到我最愛的酒吧，它面向著海灘，由數百隻舊漁夫船造成，裡面布滿浪漫燈串，還有幾個大泳池。我們用兩美元點杯果汁就可以整晚坐著，常常聊至關門時才離開。

那次我本來打算坐火車從位於爪哇島（Java）東區的外南夢（Banyuwangi）去中南區的日惹（Yogyakarta），他們和O則會坐船前往峇里島（Bali）。於是前一晚我們舉杯道別，促膝長談至深夜。當晚我徹夜難眠，想了又想，翌日跟他們說：「我改變主意了，跟你們一起去碼頭吧！」隨後我們又歡喜並行。

O雖然年紀比我小一點，卻一直像大哥般保護著我，騎小型電單車（Scooter）載我遊遍峇里島和珀尼達島（Nusa Penida）。他總説我是最爛的導航，每天跟他鬥嘴鬥不停，後來又和好。

有次騎車去找懸崖上的樹屋，經過七彎八拐的山路，上斜時前面的車突然急停，O 雖及時煞掣，但車的收掣系統差，抓不住地下，車朝後移，我們只好跳離座位，在後座的我失平衡連車倒下，O 馬上擋住車子，但我也擦傷了腳掌，最後要找當地的村民借來消毒用品清洗傷口。

到達目的地後，我和其他人往下走看樹屋，但 O 卻不肯下來。數個小時後我們離開，他還坐在上面，我問他為何不下來，他終於開口：

「我説過要保護你，卻令你受傷。」原來他因我受傷的事而耿耿於懷，明明是場意外，卻依然自責，一個人在上面生悶氣。那一刻，心很暖，尤其是知道他一路上真的盡力去確保我的安全。

有天 O 要離開了，當晚我們四人擁著説再見，但第二天他又改變主意，表示還是想多留一天，説穿了其實大家還未有心理準備要離開。

終於，來到了今天，四人真的要在這個命運的岔口裡分別了。

車擠不進通往旅舍的最後一段路，他們在窄巷入口停下來，我們互相擁抱道別。

暗昏下，只看得清一雙雙泛光的眼睛，「我們看著你走，直至你平安回到旅舍，我們就離開。」

他們說。

我凝住淚珠，緩緩地走往大門，回頭只見他們揮著手，身影漸漸變小，直至我踏入旅舍，他們便轉身，慢慢地走遠，此時我的淚已落不停了。

「不要把我忘記於你的生命之中。」（Don't forget me in your life. Please.）

「我不會。我承諾。」（I won't. I promise.）

這一刻，其實心裡明白，一個轉身，恍隔萬年，未必一面。這份承諾也許未能經得起時間的考驗，但在這個晚上，我們都深信它會雋永恆久。望著烏雲上的同一個月亮，聽著同一首慢歌，哽咽著旅人的離愁別緒。

我每天也在適應，適應這些人只能陪我走一段路。我每天也在練習，練習相遇、相聚、分離，掌握說「再見」的時間、速度、溫度，直至有天我能將這兩個字輕鬆自然地說出口。

謝謝每一位曾陪伴過我的人，請答應我，從今以後，不只要安然的度過你們的歲月，還要過得好好的、幸福的、快樂的。

謝謝你們留下來的溫度，在往後的風寒日子拿來暖心，化作走過餘生陵谷的力量。

## 1.3／一百人一百種生活

//「我也不知道哪一條路是可行的，都只是試試看，我只知道新的路徑是靠著不斷的嘗試去開創的。」他說。在旅途中遇上不同的人，他們令我見識到這個世界有著千百種生活方式。//

一次機緣巧合下，在莫斯科（Moscow）接受了一個俄羅斯電視台的訪問，主持人用俄文發問，沙發主幫我翻譯成英文，大致問及我的環球旅程及當沙發客的經歷，記得其中一條問題是：

「旅行對你來說有甚麼意義？」

「讓我發掘生活的更多可能性。」是我第一個聯想到的答案。

例如說——

在印尼坎古（Canggu）的一間青旅遇上西班牙男生G，他自小就嚮往海灘生活，第一次到印尼就愛上這個地方，希望可以一直遊走東南亞。但問題是，旅費從哪來呢？

「於是，我就想到不如在印尼創立自己的品牌，這是我一直想做的事情，又可順道賺點旅費。」他從雙層床的上鋪跳了下來，走到洗臉盆前刷牙。

他說有天他吃印尼炒飯（Nasi Goreng）時，靈機一觸想到「Nasi」跟英文字「Nasty」相近，就創造了「Nasty Goreng」這個充滿玩味的品牌名字，並自家設計T恤和帽子售賣給遊客。

「這樣我就可以更自由，讓工作和遊歷可以同時進行。」他去儲物櫃拿出幾頂他設計的帽子，款式簡單又時尚，我一眼就喜歡上。看著他上午用手提電腦繪畫設計圖，下午去海灘衝浪，就讓我覺得，有甚麼是不可能的呢？

「我也不知道哪一條路是可行的，都只是試試看，我只知道新的路徑是靠著不斷的嘗試去開創的。」他說。

在旅途中遇上不同的人，他們令我見識到這個世界有著千百種生活方式。

還有——

在阿根廷（Argentina）的查爾騰（El Chalten）有位來自巴西（Brazil）的攝影師，平日在民宿裡工作，放假就到郊外拍攝大自然景色，再把攝影作品放到網上出售，有時又會為其他店舖做室內及海報設計。

在秘魯（Peru）庫斯科（Cusco）的青旅老闆以全鎮最低價吸引旅客入住，再開拓本地團的市場，有時會帶住客去彩虹山（Vinicunca Rainbow Mountain）等景點，而打理青旅的工作則交給老婆和兩個操流利英語的女兒。他也積極進修旅遊業管理學士及考取登山教練證書，他說他的夢想是走遍歐洲的名山。

總是穿著背心和阿拉丁褲的德國女生是一位紋身師，到世界各地客串紋身，其餘大部分時間會參與不同類型的義工服務。她特別對靈修方面感興趣，有次於印度（India）參加了一個瑜伽（Yoga）義工營後就愛上了這項運動，花了數個月時間跟大師學習，將來希望能考取導師牌。

法國男生熱愛戶外活動，曾當背包客遊遍南美洲和亞洲，特別喜歡去國家公園和上高山。他後來接觸到郵輪工作，一試就愛上。現時他是南北極郵輪的探險員和滑雪教練，每年夏天會去享受北極（Arctic）的美景，秋天則在日本各地遠足。而當法國（France）是冬天時，他有一半時間在南極探險，一半時間到日本滑雪。

有很多人工作不是為了能賺多少錢，只希望找到一種自己熱愛而又能維持生計的方式，慢慢繪畫出一個生活的輪廓，即使這種生活與社會的一套標準相悖而行，也但求無悔無憾。這些人彷彿在我身上打了一支強心針，讓我相信活著不只有一種方式，我們都有能力去創造屬於自己的一條路。

## 1.4 / 麻木年輕化

//比起衝動，我更怕有一天，世間的所有事情，都再也無法觸動我的一絲神經。身邊有多少人，對生活麻木得再提不起勇氣，雖年紀輕輕，卻已老去，但我不想這樣。//

走在阿根廷烏斯懷亞（Ushuaia）這個別緻的小城，五顏六色的小屋、雪山與湖泊構成如夢似幻的童話布景。在火地島國家公園（Tierra del Fuego National Park）健行過後，我回到市中心碼頭附近的一塊寫著「世界盡頭」（Fin del Mundo）的木牌旁拍照，紀念我終於來到這個世界上最南端的城市。

這晚我住在青旅的十二人男女混合房，趴在床上滑手機，聽到有人進來，腳步聲在房間的盡頭處停止，換成翻東西的呼啦呼啦聲，最後演變成一把男人聲，以流利的英語跟房間裡的人逐一問好。

我從下鋪探出腦袋，一句「嗨」漏出嘴邊之際，看到一位穿白色背心、啡色短褲、亞洲面孔的老伯在點頭。我睜大雙眼，又旋即收回這種失禮的表情，心中有千百個疑問——為甚麼這個年紀的人會想來住這種廉價青旅？他們不就應該退了休，在享兒孫福，或舒舒服服坐郵輪遊世界？

假如有天你也在青旅發現上了年紀的人來入住，你一定要去跟他說話，聽他的故事。

他很快就瞄到了我，表情同樣驚訝，「你來旅遊嗎？還是工作？」他以一口流利的國語問我。

「我一個人來旅遊的。」我回答說。

原來他來自台灣，與兩個兒子居住在英國多年，這次遊南美洲的行程跟我很相似，亦同樣想到南極洲一趟，然後我告訴他我想在三十歲前走遍世界七大洲的計劃。

「很高興你有這個想法，和這份熱情。現在的年輕人，太早對世界麻木了。」我們談起普遍都市人的生存狀態，很多人都曾滿腔熱血的想過去做一些事情，但住在高壓的環境之中，日復一日的刻板工作，心靈變得麻痺，慢慢地失去了對生活的熱誠。

「你知道嗎？這已是我第六次環遊世界了。」老伯說。

「為甚麼會想環遊世界六次？」我目瞪口呆地看著他。

「我已不像你這般年輕了。我今年六十八歲。很多人在年輕的時候，有時間但沒有錢；出身社會後，有錢但沒時間；到老來，有錢有時間，卻再沒有健康。而我則很幸運，現在有錢、有時間，還有健康，現在正是我的『Golden Age』，為何不盡量多去一點旅行？我大概只能活一次吧！」

看著老伯那篤定的眼神，我在想，到底是身體使人變老，還是心態？一般人覺得「黃金年齡」一定就是年輕的時候，彷彿時間一過，世界的風景就不再屬於你。而事實上，我後來在旅途中遇上不少年紀大的人，發現他們反而更活躍，更會細味旅行的樂趣。世界的風景其實屬於每一個人，只要你心中還有想要擁有它的勇氣。

我分享之前去印尼（Indonesia）行火山的經歷，而老伯由中美走到南美，就推介我一定要到危地馬拉（Guatemala）的火山，還繪聲繪影地形容岩漿溢流的壯觀，猶像孩童第一次到遊樂場般興奮。

我們與同房的人一起到餐廳用膳，只見老伯步履如飛，從背面看根本看不出他是一位年近七旬的老人。他跟侍應生閒聊，講得一口流利的西班牙文，他說他還會說法文、葡萄牙文、意大利文和一點阿拉伯文，那一刻我暗暗地幫他起了個外號——「神奇老伯」。

神奇老伯是個很有學問的人，也是電腦界甚為有貢獻的一個人物，年少時曾跟比爾蓋茨（Bill Gates）共事過。他會駕駛飛機，喜歡滑雪、潛水和懸掛式滑翔（Hang Gliding）等活動。

「年輕一點時，我曾五次避過死神關。最後的一次，是幾年前我玩懸掛式滑翔時，整個人撞向山崖，在醫院足足住了一年。」

他雖是專業的玩家，甚至曾代表所屬地區參加國際性的懸掛式滑翔賽事，但天氣變化萬千，有時難以捉摸。那次意外後，他依然有進行這項運動，因為他真的很喜歡在空中飛翔的感覺。

「我真的很幸運，五次嚴重意外但沒有死去，應該比直接死去更難吧？哈哈！雖然意外多，但還好我的身體一直算是健康。」

「那你還繼續歷險？不怕嗎？」

「失去熱情地生活，才是我最怕的事情，彷彿我的軀體活著，但靈魂早已死去。」

這大概是我旅途中聽過最深刻的一句說話。不是說每個人都要追求刺激的活動，但如能像他一樣保持心中的熱情，令它不被生活所磨蝕，是多麼難能可貴的事情。

想起在我出走的初期，曾有人說我太衝動。我說，比起衝動，我更怕有一天，世間的所有事情，都再也無法觸動我的一絲神經。身邊有多少人，對生活麻木得再提不起勇氣，雖年紀輕輕，卻已老去，但我不想這樣。

「我還有很多夢想，像這次來到南美洲，我真的很想到南極洲和巴塔哥尼亞（Patagonia）看冰川。」

他接著告訴我一個計劃，「來年，我有一個終極的目標——我想創造一項世界紀錄。」

他說要創世界飛行紀錄不算很難，只需要駕駛飛機去一條未有人挑戰過的路線，他初步打算由美國的三藩市（San Francisco）飛至夏威夷（Hawaii），這意味著他要以一定的速度，不眠不休地直飛到目的地，所以有著一定的風險。

「我知道這個計劃聽起來很瘋狂，但我的家人都很支持我這個決定。」

我不知道神奇老伯後來怎樣，如果有天聽到新聞報道「世界飛行紀錄」出現了三藩市至夏威夷的路線，那個一定是他。祝福他能成功完成夢想，也感謝他教會我捉緊生命中的熱情。

他用行動來說明，人生只一回，活得淋漓，也要活得盡致，別讓自己留下遺憾。

# 1.5 ＼ 我的快樂計劃

// 不是說快樂等於要大富大貴，但至少建立於足夠生存的物質基礎上，連帶基本的自由、安全與健康，再談精神層面。//

出走之前，有一段時間，我像長期頂著一朵烏雲，覺得陽光離我很遠。於職場打滾了數年，一直於社企和 NGO 工作，只想找到一個自己享受又有意義的職位。

可是隨著日子過去，我愈是覺得工作與理念相違背，意義找不到，每天如木偶般被拉扯，生活慢慢褪至只有冷色。我看著鏡中的自己，不知這個女生的嘴角已多久沒有上揚，還無緣無故會落淚。我覺得她很陌生，陌生得只剩下一個空殼，走在街上，任風一吹，便散得模糊。

於是我毅然辭了職，一個月後揹起背包，出走世界。我帶了一本畫簿和五枝顏色筆，訪問途中遇上的人，問他們一條問題——「你認為甚麼是快樂？」（What is happiness to you？）然後請他們把答案畫出來。我想了解別人心中的那道陽光，到底是從哪而來。

過程和結果都相當有趣，很多受訪者都對我這個「快樂計劃」很感興趣，樂於參與其中，甚至為大家帶來話題。最終我訪問了 203 個人，他們來自不同的國家、背景和年齡等，我做了一個簡單的分析。

近一半人的答案都加入了「大自然」的元素，例如有河流、海洋和星星等，當中約五分之一的人畫了一個「陽光與海灘」的畫面，大多搭配著椰子樹和吊床，或帳篷，看來這是大部分受訪者的「理想生活」的模樣；近百分之七的人畫了地球、飛機或背包以代表「旅行」。這些圖畫也表達著一種悠閒和自由的狀態。

超過四成人畫了「人」，包括自己、朋友、伴侶和親人等，代表了「關係」與「愛」；約兩成七的畫作裡有寵物；約百分之五的人畫了其他動物。

近三成人的答案與興趣相關，例如運動（如籃球、衝浪、潛水）、舞蹈和音樂等；約一成六的人畫了「屋」，描繪的都是一個舒適的家的樣子；約百分之四的人畫了食物和飲料（如啤酒）；百分之三的人的答案與「宗教」相關；有三個人畫了當刻眼前的場景。

我發現，女生的圖畫大多是色彩繽紛的，而男生則較常用單色（主要是黑色）；描繪精神上的追求的多為女生，例如思想自主和找到人生意義等。

另外我也觀察到，小孩通常會畫簡單的東西，只佔用畫紙一小部分的位置，例如有個男孩只在紙角上畫了一粒小流星，有女孩只畫了一個簡單的笑臉。大人則通常會畫多一點不同的事物，也偏向填滿畫紙大部分的空間。

生活與工作環境也會影響受訪者的繪畫方向，比如一位科莫多島（Komodo Island）的船員畫了一隻科莫多龍（Komodo Dragon）、有兩位南極探險員都畫了企鵝、住在火山下的居民畫了火山、俄羅斯軍人畫了軍隊標誌。

只有兩個人畫了「錢」。我一向覺得快樂不應與金錢掛鉤，直至我跟一位敍利亞難民聊天，他說：「就如你善心地給街上那飢餓的孩子一塊麵包，當他笑了，人們就誇大其辭，說他滿足了，斷言快樂與金錢無關。說得出這些話的人，大概是因為他們已經擁有太多，太多別人一輩子也無法擁有的東西。」

這番說話扭轉了我的想法，也令我收起了那脫離現實的夢幻投射，一切煽情的精神追求顯然漠視了一班在某個角落掙扎求存的人，奢求一個連食物都買不起的人學會知足快樂無疑是諷刺的。不是說快樂等於要大富大貴，但至少建立於足夠生存的物質基礎上，連帶基本的自由、安全與健康，再談精神層面。

此外，在那五百多天的旅程中，我自己也對快樂有了一些領悟。常存感恩和幫助別人都能令我快樂。而我認為最大、最持久的快樂，是懂得跟自己相處，要先愛自己而不是依賴別人給你的愛，適當時調整心態，凡事學會恰到好處，不大喜大悲，平實的去面對生命之起跌。快樂必先來自自己，不必誰來認同，而別人給的都是「bonus」。如若心中有陽光，自然走到哪裡都能散發光芒。

---

附記：旅程走到大約一半的時候，我人在阿爾巴尼亞，發現某家品公司在網上招聘「快樂專員」（Happiness Hunter），在其全球選拔中勝出的人會獲邀到丹麥（Denmark）跟當地人學習快樂之道。我用了一天時間製作了一條一分鐘的參賽影片，還在青旅自編自導自演，去講述我這個「快樂計劃」。但比賽不知為何到最後無疾而終，所以這條影片就當是一個紀念吧！

【查花 527 天獨遊之旅：我的快樂計劃】

# 1.6 / 遺留在過去的夢想

//影片結束，我竟無聲地在餐枱前哭了，被她的熱誠徹底地感動，眼淚一滴一滴掉落在沙律上。這條影片，沒有任何特效，也沒有誇張的配樂，就只有 E 站在公園裡的獨白和與女兒相處的零碎片段，卻比我近年看過的任何一部電影都更賺人熱淚。//

匈牙利東北部的米什科爾茨（Miskolc）沒首都般受歡迎，但勝在夠寧靜，在利拉菲賴德（Lillafured）和迪歐斯捷爾（Diosgyor）坐小火車愜意地穿梭森林公園，欣賞瀑布和岩洞城堡，溫煦的陽光下洋溢著一股慵懶的氣息。

「歡迎你！隨便坐，當是自己的家好了！」

E剛下班就接女兒Bogi去學跳舞，下課後在家門前遇上我的到訪。她一手挽著手袋和女兒的外套，一手拖著女兒，單肩揹著小書包，手忙腳亂地打開木門。她輕輕地踢開鞋櫃前的幾雙鞋子，拿走雜物試圖開出一條通道。我跟著她走到客廳，飯桌上放著散亂的粉筆和拼圖塊，旁邊有一部跑步機，牆上掛著數十塊運動獎牌。

「不好意思，家有點亂，本來想早點回來收拾一下，卻又來不及。」E回頭一笑，一頭俐落的金色短髮令臉蛋更廓然朗清。

E是一名單親媽媽，現職人力資源部主管，平日一早起來做家務、煮飯、接送女兒上學校及興趣班、再上班，整天匆匆忙忙的。儘管如此，只要一有空，她會帶Bogi去旅遊、做運動，一起參加賽跑和越野障礙賽，兩人都曾獲獎無數。又像有個周末我們一起到湖邊賞鴨，看到她們在遊樂場追逐奔跑，擁著開懷大笑，如姊妹一樣，關係親密得很。

Bogi是個討人喜愛的小女孩，一雙堅定的大眼睛，綁著棕色的馬尾，笑起來很甜美。她只會說簡單的英文單字，初次見面時有點害羞，後來混熟了，發現原來她跟媽媽一樣喜愛挑戰新玩意，又善解人意，當我玩累了更遞上紙巾給我擦汗，讓人感覺窩心。

這天我們共享沙律晚餐，談到我家中的雪橇狗，E說自己也很喜歡牠們，還跟我分享她於年前剪輯的一條影片。那是為了競選某戶外品牌舉辦的極地穿越活動而製作的，該活動每年都吸引全球數千人報名參加，最終只會甄選出當中約二十人，在北極進行狗拉雪橇的遠征體驗。

影片中的 E 穿著白色的羽絨外套，配以柔柔的背景音樂，娓娓道出她的故事——

「大家好！我叫 E，來自匈牙利，今年三十八歲。我的女兒 Bogi 快八歲了，當我像她這般大的時候，我看了電影《Balto》(註)，自此我就愛上了雪橇犬。當時我家有一隻西伯利亞雪橇犬（Siberian Husky），是父母在我十五歲時帶回來的，後來我們擁有愈來愈多的雪橇犬，而我亦立志成為一名雪橇夫。高中畢業時，同學們和我來一個打賭，猜我二十年後會在做甚麼，他們都寫道，我將會成為一名雪橇夫。

「二十年後的這個夏天，我參與舊同學聚會，才意識到這個夢想早已被遺忘在過去之中。時間分秒地流逝，我有了孩子和安穩的工作，然而這件事情一直潛藏在我的心底裡……

「我一生都在嘗試各種挑戰，在世界各地參與體育運動，來考驗自己的耐力與極限。我仍然不想在二十年後放棄這個夢想，這個比賽不僅會是一場終生難忘的冒險，也讓我能告訴女兒如何去實現夢想。請大家投我一票。」

影片結束，我竟無聲地在餐枱前哭了，被她的熱誠徹底地感動，眼淚一滴一滴的掉落在沙律上。

這條影片，沒有任何特效，也沒有誇張的配樂，就只有E站在公園裡的獨白和與女兒相處的零碎片段，卻比我近年看過的任何一部電影都更賺人熱淚。

「那時我由零開始學習製作影片，不用上班時每天坐在電腦前超過二十個小時，透過社交平台請匈牙利人投我一票，也聯繫上一些名人為我拉票，有時又會在街上奔波宣傳。我很渴望獲得這次機會，沒想到我真的能從全球選拔中勝出，Bogi 也很為我高興。」

E 最終擊敗全球眾多對手，以數天的時間從北極圈以北往南走，翻越斯堪地納維亞山脈（Scandinavian Mountains），橫穿深山野林和湖泊雪松，與雪橇犬合力長征三百多公里路，最後抵達瑞典（Sweden），圓了多年來的一個夢。

晚飯後 Bogi 邀請我陪她看一本相簿，是 E 在數天前送給她的生日禮物。裡面貼著 Bogi 由出生至今的生活照及跟 E 一起的旅行照，一個個臉貼臉的影像，全都掛著真摯的笑容。以前我會覺得有了孩子等於沒了生活，然而遇上她們後，就發現原來父母可以與孩子一起發掘世界，創造回憶，也能用理念去感染孩子。

離開前的一晚，Bogi 希望我在她的日記簿寫上一些說話。

「你有一個很熱情和很愛你的媽媽，你要如她一樣，不怕困難，勇敢地追求自己的夢想。長大後，有了自己的圈子，也別忘記要多陪媽媽，要知道她盡了一切的努力去愛護你、保護你，將這個美好的大世界無遺地展現給你。」我寫道。

後來 E 說有天女兒讓她看這篇留言，她哭了。

世界需要這樣的熱情與愛，來讓夢想飛翔。

---

註：《Balto》的中文譯名為《雪地靈犬》，是一部由真實事件改編的美國電影，講述一隻阿拉斯加雪橇狗帶領雪地犬橫越冰地以拯救生命的故事。

# 1.7 / 浪遊七年

//「我可以告訴你明天的行程，但太長遠的我就不清楚了，我的路都是逐步走出來的。其實我跟其他人一樣，只是大家走的路不同，你問他們之後想做甚麼，其實很多人都不能肯定，因為生活本來就是不明確的。」//

羅馬尼亞的圖爾達（Turda）裡有個千年鹽洞，乘全景升降機深入地底百多米，白色吊燈與帶黑白紋理的鐘乳石垂直地飛過眼眶，宛如走進了未來世界的一個神秘地下室，窺探著科學員研究新型物種。誰知它原來是個地底鹽礦遊樂場，裡面有一座二十米高的摩天輪、小型球場和劇場等，還可泛舟鹽湖。

從科幻世界返回人間，我坐車到達錫比烏（Sibiu），打開沙發衝浪（Couchsurfing）（註）的應用程式，發現竟然有位同是獨遊的台灣女生在附近。原本身體有點不適的我猶豫著要不要出去，吃藥後睡了一個午覺，醒來見身體好轉了，便決定與她會面。

「所以，你都旅遊了多久啦？」我問小蓉，那位台灣女生。我們站在舊城廣場中央，長滿眼睛形天窗的房子環繞著我們，像在監視我們的一舉一動。

「七年了。」笑容滿面的她，穿著從秘魯買來的羊毛衛衣，一把烏黑的長頭髮和平瀏海，有鄰家女孩的感覺。

「對上一次回家是何時？」我以為七年是指她當背包客的年資。

「都沒回家呢，一直在路上。」她說。

我驚呆了，看著眼前這位個子小小，看似弱質纖纖的女生，竟獨遊了七年，單是在南美洲已遊走了三年半！她笑說自己一直儲不夠錢買回程機票。

「為甚麼會想流浪那麼久？」我看著她那雙會笑的眼睛。

「我本來在面板業做市場業務的工作，後來發現自己厭倦了這種社畜人生，於是便想到了出走一下。原本只想在歐洲地區旅行三個月，一不小心便走了七年。」

我在路上遇過不少長途旅者，遊走一年的、兩年的、三年的也有……但七年的，真是第一次碰上。這確實是個震撼的數字，小蓉雖說得輕鬆，但當中的困難與疲累，定是不為人所道。

她帶我到一間裝飾典雅的咖啡室，裡頭有不少中世紀風格的壁畫，我們各點了一杯咖啡。

她之前從未一個人出過國，剛開始歐遊時甚至不會說英語，連餐牌也看不懂。「那時我就偏要證明自己是可以的，結果三個月很快就過去了，發現原來我真的做得到。於是我開始想挑戰更多、更遠的地方，可能正正因為不斷有挑戰推著我前進，所以便一直走到今天。」

別人羨慕她能自在地遊歷四海，但其實她同樣要生活，每天要面對柴米油鹽的瑣事，也要獨自想辦法去維持經費、規劃行程和應對各種突發的事情等。

「不會英語就去學，沒錢就要去賺，我亦常以沙發衝浪等方式來省錢。其實這幾年來每天都很忙，要找住宿、工作，和設法生活下去。我就是不想拿父母的錢，我是來證明自己的，到頭來卻要靠人，太諷刺了吧？可能也是自尊心作祟，我就不相信自己會想不到辦法。」就是因著這份倔強，令她能堅毅地跨越七年來的每一個難關。

她在旅途中遇上的驚險事情也不少，例如截順風車時遇上不懷好意的司機，令她自此再不會一個人坐順風車。她也曾多次被偷去財物，比如第一次在南美洲被人偷去電腦，第二次回去時又被偷去電話。

「第三次再去時沒被偷，大概是我終於學會了在南美的自保之道，哈哈！」

雖然遇過不少壞事情，但她依然喜歡南美洲，因為她在那裡結交了很多好朋友，有的像家人一樣，令她一次又一次地想回到當地。

長途旅者經常會被問到之後有甚麼計劃，小蓉說自己用了很長時間去思考這條問題，最終的答案是——不知道。

「我可以告訴你明天的行程，但太長遠的我就不清楚了，我的路都是逐步走出來的。其實我跟其他人一樣，只是大家走的路不同，你問他們之後想做甚麼，其實很多人都不能肯定，因為生活本來就是不明確的。」

那次我們見面之後，她也快會回家，將會帶著很多故事，為七年的流浪生涯劃上一個圓滿的句號。接著下來，就是迎接更多的新挑戰。

很多人都不過是因為生命裡的一個契機，而踏上從沒想過的征途——愛爾蘭女生因為珠寶公司倒閉，所以浪遊至匈牙利；奧地利女生因為失戀，所以走到巴西散心；委內瑞拉（Venezuela）男生因國家經濟崩潰，所以去了西班牙（Spain）嘗試創業與生活；阿根廷男生本來以賣手機維生，但因國家貨幣貶值，令他跟當地很多中小型企業一樣無法生存，所以就退租了房子和變賣車子，換作遊走東歐的旅費。

前路未明，他們都帶著乘風破浪的準備，以勇氣與熱情去帶領自己，期待著生命為他們帶來怎樣的驚喜。

---

註：「沙發衝浪」是一個國際性的網站，為幫助旅者與當地人建立聯繫而成立。當你到異國旅行時可以找當地的會員提供住宿，而別人來到你的城市時你亦可提供住宿、跟他們見面聊天和義務當導遊等。整個理念是基於一個互相幫助、交流文化的原則。

## 1.8 ／ 每天學習忘記

〃「我的童年過得一點也不快樂，從小開始就要上很多政治課，那些歷史事件，隔個星期就換個版本。老師要我們記住新一套的説法，把舊的忘記得一乾二淨，否則，若有人提起舊的版本，就要接受體罰。」〃

我對白羅斯的記憶並不很深刻，只想起它的道路很乾淨，蘇維埃風格的建築物被排列得井井有條，大多披上了一層薄薄的糖衣。二月底的時候，在寬舒的街道上走，颳起的風顯得特別冷。

「你看吧！俄羅斯的路根本不是路！跟我國相比實在差太遠了！」沙發主 D 在網上找了很多影片去證明俄國除了莫斯科和聖彼得堡等大城市外，其他地方都很貧窮、在這年代還有人餓死、衛生環境很嚇人，和很多公路都爛至裂開，片中的司機更笑指他像在玩遊戲般衝破重重障礙。

經過整晚的挖苦與嘲笑，D想帶出的訊息大概可用幾隻字作總結：「我現在活得比他們好！」

猶記得當天下午他帶我遊覽首都明斯克（Minsk），我瞅到樓宇外掛了一大幅橫額，宣傳白羅斯與俄羅斯的親密友好關係，跟D的觀感成了個強烈的反比。兩國的中文名字只有一字之差，常令人覺得它們有甚麼關係。曾同屬蘇聯（The Soviet Union），在其解體後分為兩個獨立國（註），不少白羅斯人覺得自己跟俄羅斯人屬同一個民族，但有部分人堅持兩者是不一樣的，而D明顯地是其中一分子。

他是個從事電子產品業的生意人，每次都堅持請我吃飯，買東西從不看價錢，總是豪氣地說：「錢對我來說不算是甚麼。」（Money is nothing to me.）在言談間知道他的生意做得不錯，經濟能力相信已超越中產階級。他有一妻，但每次問起都只輕輕帶過，說她在遠方工作，恍如若有若無的一個人。

「為何你那麼討厭俄羅斯?」我拿起紅白菜湯，那碗他說俄羅斯人自以為是自己的菜式，但他堅持是來自跟白羅斯文化相近的烏克蘭。

「它奪去我的記憶，同時又給我夢魘，一個長達四十多年的夢魘。」D放下餐具，以低沉的聲音抖出他的過去。

「蘇聯時期，我們每家每戶都有一部收音機，用來接收國家頻道。我有一個很要好的鄰居朋友，有天他好奇地把收音機調至歐洲頻道，後來有人上門找他，自那一天起，我就再也沒有見過他。

「那時候，人民的工時很長，休息的時間很少。工作地點附近曾有一家戲院，只在平日的其中一天開放，國家會派人盯著，如果有誰找借口不上班卻被發現原來去了戲院，那些人的下場，你都能猜到吧！我們都很小心地作出每一個決定，尤其是當你知道死亡可以那麼接近。」

他記起那些用抵換券領取食物的日子，吃的住的都靠政府分配，表面理想的共享世界，人們在高壓的管治下得了難以擺脫的恐懼感。D說他特別記得，在蘇聯解體前的「八一九政變」，軍隊選擇倒戈，與民同行，證明蘇聯人民已抑壓多時，再無法忍受，以往一貫的政權終受人唾棄。

他又提起小時候，「我的童年過得一點也不快樂，從小開始就要上很多政治課，那些歷史事件，隔個星期就換個版本。老師要我們記住新一套的說法，把舊的忘記得一乾二淨，否則，若有人提起舊的版本，就要接受體罰。」他說，就如他的那位好友一樣，自消失的那天起，沒有人會質問，亦沒有人再敢提起他，彷彿他從沒有在這個世界上存在過。

「他們愈是要我忘記，我就偏要一輩子記住，記住當天受過的恥辱。」他說。

想起波士尼亞的莫斯塔爾（Mostar）古橋旁的一塊刻著「DON'T FORGET」的石頭，時刻提醒國民記住戰爭的教訓，但這種「記」，又是否難免會有仇恨的羈絆，叫人不要忘記，但也難以放下。

這天我陪D去一間公司開會，他出來時說剛才談成了一單大生意，會開始計劃搬到合作公司附近居住，以便工作。

他大部分時間都是木無表情的，除了在網上的影片中找到俄羅斯的「痛腳」時會咧嘴一笑，還有剛才踏出大門的勝利笑容，卻如曇花一現。那份不悲不喜、嗒然若失的感覺，深深地刻在我的腦海裡，構成我對他的印象。

在戰爭與暴政下成長，即使事過境遷，它們會以某個形式跟隨著有些人，影響著其日後的思想、行為與生活，形成一個無以擊退的陰霾。

有些傷口撫不平，只能接受它的存在，寥落地在人海中來回踱步。

城市裡藏著一抹寂寞。

---

註：自一九九一年蘇聯解體以來，其最大的加盟國「俄羅斯蘇維埃聯邦社會主義共和國」（即現在的俄羅斯聯邦）正式獨立，成了蘇聯的唯一繼承國。而另一加盟國「白羅斯蘇維埃社會主義共和國」（即現在的白羅斯共和國），亦於同時期從蘇聯獨立。

# 1.9／我的往後人生，是用雙腿跑出來的

//的確，要沉溺在壞事情上是無窮無盡的，但她會去多想當中的溫暖。「戰火、寒冷、飢餓，我們都一起度過，人與人之間的關係，從未曾那般親近過。」她說自己與倖存者擁有一輩子的密切關係。//

「砰！砰！砰！」

狙擊手埋伏於高山，對準街上的人開槍，炮火聲成了城市的唯一背景樂。人們從四方八面跑過馬路，有的穿著西裝拿著公事包，有的拖著小孩抱著木頭。每一次的跨越，都在跟死神作賭注。閉眼衝過，生命過去的種種快速回帶，哪怕一開眼，靈魂已出竅，回頭看見中槍倒地的自己，奄奄一息。

那是九十年代初的薩拉熱窩（Sarajevo），波士尼亞與赫塞哥維納（Bosnia and Herzegovina，簡稱波士尼亞）的首都。在南斯拉夫（Yugoslavia）總統鐵托（Josip Broz Tito）逝世後，各民族相繼爭取獨立自由，族與族之間的矛盾不斷爆發，終釀成內戰。而具多元文化的波士尼亞在宣告獨立後，因境內的三個主要民族——信奉伊斯蘭教的波士尼亞人、東正教的塞爾維亞人和天主教的克羅地亞人——對波士尼亞的未來方向出現嚴重分歧，觸發了後來的波士尼亞戰爭。

「每次看電影《Forrest Gump》——『Run, Forrest! Run!』（註）我都想起我的童年——我就一直向前跑，一直跑，直至到了對街，瞅到肩上的水桶都安全著地。」L說。一九九二年，戰爭開始的時候，她只是個八歲的女孩。她憶述當時父母會忍痛讓小孩去對街集水，因為他們的體型細小，容易隱藏和行走。「每一次出動都是孤注一擲，子彈和彈碎幾次與我擦身而過，我的命，是由我當年跑出來的。」她呷著咖啡，輕鬆的姿態難掩不安的神情。

薩拉熱窩人在杳無預兆下被由塞爾維亞（Serbia）支持的軍隊包圍攻擊，飽受了近四年被圍城的折磨，轟炸與砲擊成了平民的日常，他們每天要冒生命危險橫越大街去上班、端水和找燃料。直至今天，沿著米里雅茨河（Miljacka River）的建築，仍留著大片深坑的彈痕。

「在前線的爸爸，有天離家後，就再沒有回來。」L的父親是與塞軍戰鬥時去世的，她說當時根本沒有足夠的資源去防禦對方強大的軍力，又形容塞軍怎樣去虐待、強暴和殺害捉回來的人。

歷史上有多少惡行，以維護民族利益為理由，去邊緣化他人，由此引發仇恨。在南非（South Africa）看到種族隔離政策以保護各種族的名義將非白人的南非人驅離原居地及進行壓迫行動；在盧旺達（Rwanda）讀到當年政府宣傳圖西族（Tutsi）想傷害胡圖族（Hutu）而煽動胡族情緒繼而開始種族清洗；在波蘭（Poland）的集中營了解到納粹黨借取回德國榮耀為理由將民族衰敗歸咎於猶太人等而促成後來的大屠殺。

「多少罪惡假汝之名以行？」我心裡有千萬個疑問。

「戰爭為我們帶來不一樣的童年。」L說那時幾個家庭擠在幽暗的地下室裡度過大部分的日子，在那裡跟其他小朋友一起上課，在燭光下看書、玩彈珠和卡牌遊戲，也養成了收集子彈殼的興趣。她又說當時年紀還小，就只想到哪天停火可以到公園玩。

他們會收到聯合國人道主義援助包裹，最常吃的是扁豆、大米、牛肉罐頭和米糕等，最開心是找到裡面有巧克力和芝士。當時糧食、水和電力都經常短缺，當偶爾有電可以看電視和洗澡時，對L來說是最幸福的事情。

「相比起人性的醜惡，我更看得見人性的光輝。」L對戰爭加上另一個詮釋角度。「最窩心的，是在嚴峻的生存環境下，當小孩收到食物時，會主動掰開幾份跟別人分享；有次有塞族游擊戰士想捉走鄰居的小孩，我的叔叔見狀立即聯同其他人，引開對方的注意力，帶走孩子；還有當市內大部分的店舖都關門了，有啤酒廠堅持開放，為提供一個較安全的地方讓居民提取乾淨食水。」她感激在危難時，大家都把互助互愛的精神發揮至極致。

「那種感覺就像適應了地窖的黑暗的雙眼，突然看到了光。」她說，的確，要沉溺在壞事情上是無窮無盡的，但她會去多想當中的溫暖。「戰火、寒冷、飢餓，我們都一起度過，人與人之間的關係，從未曾那般親近過。」她說自己與倖存者擁有一輩子的密切關係。

「我記得媽媽在戰爭結束時跟我說，以後的人生，由我去決定和開創。我想，她是希望我不要活在過去的痛苦之中，要過上新的生活。」

L現在是一名老師，在中學任教地理科。而戰後的波士尼亞被劃分為兩區，境內各族最終沒有走向共融，L雖然未能像新一代的盧旺達小孩——「沒有圖西族人、沒有胡圖族人，我們都是盧旺達人」，但她努力走出傷痛，永遠記住善良，亦如當初跑下去的小女孩一樣，勇往直前，展開人生新的一頁。

---

註：《Forrest Gump》的中文譯名為《阿甘正傳》，是一套改編自小說的美國電影。戲中的男主角阿甘每當要被欺負時，跟他青梅竹馬的女同學都會大叫：「Run, Forrest! Run!」這句話後來成了電影中的經典台詞。

# 1.10 ／ 逃亡戰火後的新生活

//「我的夢想是能得到和平與自由，住在一個遠離人跡的大自然地方。」他說了幾遍「享受你的自由生活。」又說自己努力一輩子就是為了得到自由，希望我能擁有就不要放棄。//

「我願意用我的性命，來換取三天絕對的自由。」

二〇一一年的一場反政府示威遊行，令敍利亞（Syria）內戰展開，數年間烽火不斷，為了躲避戰火，人民選擇逃離家園，而鄰國土耳其就是他們的首要選擇。土耳其每天收納無數飽受戰爭的傷魂，境內的敍利亞難民至今已有超過三百萬名。

我前來是想要協助 H 的教育工作，他於公餘時間在土耳其的敍利亞難民學校義教。看到他教小朋友時熱心懇切，但雙眼卻滿是憂鬱哀涼。

「我要幫助那些孩子，那些人們在街上根本不屑一顧，甚至不想跟他們的眼神對上的小孩，我要給他們學習的機會。」他語氣平和地說。

「我想幫助他們，因為我也是一名難民。我想教他們不要像自己的父母一樣，成年人已沒得救，也許小孩還能改變，我想教他們自由的真正意義。」

他說戰爭徹底改變了人的身心，摧毀了一切的欲望、人性與道德，最後只剩下生死的掙扎。

「他們充滿種族歧視和仇恨，你應該看看他們在戰爭前的模樣。」他回想戰前的時光，生命中最美好的章節，彷彿停滯在過去的某個時刻，後來無論他如何努力去續寫，都只可用悲傷的筆觸撐起故事的主調。

那天H從梅爾辛（Mersin）（土耳其南部、地中海沿岸城市）回來，假期完結了，他說自己討厭馬爾丁（Mardin）（位於敍利亞與土耳其東南交界處的一個城市），急不及待想要逃離它，但可惜他必須回去。

「我在這裡住了七年，七年來同一個城市，我宛如一隻小鳥被困於籠裡。」當初離鄉背井，朝著唯一能逃出生天的方向走，猶如一場無法退出的賭博，押上自己的將來，去博取一個虛無的夢。

他一年只有兩個假期，每次一星期，要得到批准方可離開原在地。

「我擁有世界上最爛的身分，幾乎只容許我在家裡上廁所。」他的話裡不無唏噓。

他的家人都在敍利亞，雙親年紀老邁，還有一個在讀書的弟弟。他星期一至日幾乎都在工作，每天必須做十二至十六個小時，才可養活自己和家人，特別是當土耳其貨幣的價值是那麼低時，他就要更加努力。雖然工作繁忙，但在公餘時間他仍堅持義教難民小孩。

「很多人跟我說，你有幸能生存，應感到快樂。他們嘗試鼓勵我，但這只會令我更難過。」

當生命只剩下勞累，只能以殘存的意志交換丁點的銅錢時，他就填滿時間的縫隙去幫助他人，印證生命中尚能掌控的意義。

「我活著，但我幾乎沒有選擇。」聽到這裡，我心碎了。

原本一絲的希望被生活壓得碎裂，他只能順著巨輪跑下去，每天奔忙生存，根本沒有空間去容納任何宏大的理想。

在我離開馬爾丁的那一天，我跟他道別。

「你應該為能離開這個愚蠢的城市而感到快樂。」H 嘲諷地說。

「我的夢想是能得到和平與自由，住在一個遠離人跡的大自然地方。」他說了幾遍「享受你的自由生活。」又說自己努力一輩子就是為了得到自由，希望我能擁有就不要放棄。

那天之後，他傳來一段影片。在前一天，敘利亞人權分子 Abdul Baset al Sarout 的死（註），象徵自由革命的最後一團火熄滅，他說他再也無法為自由吶喊。

我的心沉重了好一段日子。那天在馬爾丁遠眺美索不達米亞平原（Mesopotamia），幻想 H 在僅一百公里外的敘利亞生活是如何，突破界限逃離那片土地後，又是否能得到更自在的生活。

在那個微風吹拂的下午，與敘利亞難民談自由的可貴。

是痛心，也是醒覺。

---

註：Abdul Baset al Sarout 是敘利亞霍姆斯市（Homs）的一名足球守門員，曾領導多場反對總統阿薩德（Bashar al Assad）政權的集會和示威活動，亦創作及演唱革命歌曲，被稱為「自由衛士」。二〇一九年六月他在與政府軍的戰鬥中受傷繼而離世。

# 第二章 Chapter 2

# 文化與保育

# 2.1 ／ 湖上的烏托邦

//「那道門要怎樣上鎖的？」我走到飯廳問 E。「島上的人都習慣不把門上鎖。放心，這裡很安全的。」E 回答說。曾到過不少地方旅遊，發現在現今這個各佔利益的亂世中，風氣難以保持淳樸，人們不再自律，「夜不閉戶」的地方似乎已買少見少。//

的的喀喀湖（Lake Titicaca）上的烏魯族（Uros）社群，是一個理想的世界。

宿主 E 划著木船，我倆穿梭在翠綠色的蘆葦水田間，天空的倒影在湖上顯得特別清晰，偶爾有鳥兒拍水滑行，劃破水面，蕩出層層漣漪。撥開兩旁茂密的水草，一座座金黃色的浮島逐漸拉近，眼前的清幽世界，正是傳說中的蘆葦島。

E 是烏魯族人，二十幾歲，是家中最小的一個，與父母和長兄一起居住。他說當年烏魯族人為了躲避印加人（Inca）的侵略，而逃到湖中生活，神乎其技地用那裡的蘆葦草（Totora Reed）打造成浮島，以繩子把木樁和幾塊大草基綁在一起，再以大樹枝固定於湖床。E 笑說，浮島在固定後依然會漂流，如果睡醒發現自己身處幾十甚至百米以外的位置，也不需要詫異。

一下船，E 的媽媽（人稱「Mama」）上前給我一個暖融融的擁抱，帶我到一間色彩鮮豔的房間。她無疑是一名民間藝術家，房內無論是床鋪、地毯、還是各種擺設，都是由她一手編織的。Mama 在離開時並沒有留下鑰匙，後來我發現原來房門根本沒有上鎖的位置。

「那道門要怎樣上鎖的？」我走到飯廳問 E。

「島上的人都習慣不把門上鎖。放心，這裡很安全的。」E 回答說。

曾到過不少地方旅遊，發現在現今這個各佔利益的亂世中，風氣難以保持淳樸，人們不再自律，「夜不閉戶」的地方似乎已買少見少。

「我們的生活很簡樸，以捕魚打鳥為生，並種植薯類自給自足。當需要食物和物資時，就跟鄰居交換，盡量不涉及金錢。」

E 跟我談著烏魯族人的日常，Mama 幫我穿上傳統的服裝——大紅色的背心外套、天藍色的百褶澎裙，配上圓頂波浪邊的繡花帽，令站在枯燥的蘆葦草上的我，顯得格外突出。

「現在我們雖然也會賣魚給城市的人，也多了旅遊業，但我們的生活基本不變，依然會以物易物，簡單快樂。」E在地下開了個洞，在魚線鈎上餌食，放入洞下湖水裡，正準備晚餐。

「現在錢多了，有能力送孩子到市區讀書，卻不知道是好是壞，有些孩子學壞了，會酗酒和吸毒，甚至拿槍犯事，不再單純，有的甚至不願意回來島上了。新一代的思想變質了，我們都怕有一天，傳統會就這樣失傳了。」E感慨地說。

我坐在搖椅上，聽著E暢談島上的生活，凝視夕陽的光輝灑落一地，令湖面波光粼粼，時間好像慢了下來，風吹草動在逐格放映。我真心希望，這種簡單純潔的生活可以一直保留下去。

隔天中午，一對來自中美的情侶加入我們，一起上了一艘以豹頭為飾的蘆葦船，參觀烏魯族的社區。區內有學校、教堂和球場等，都是由蘆葦草搭建而成。族人會用它來蓋房子、編製生活用品和玩具，也把它當零食和燃料，用途千變萬化。

「怎樣才可居住在這個優美的湖上?」情侶問，他們表示第一眼就愛上這個湖。

「女的可以嫁個烏魯族人，男的就沒辦法了。」E笑言，他整理好漁網，用力撒出，示範捕魚的技巧。

他說烏魯族人重視家庭與婚姻，婚前可自由戀愛，婚後實行一夫一妻制，婚禮會舉行三天之長，

「夫妻之間會有好的分工，女人負責照顧家庭，但男人也要幫忙做家務。」

「結婚就是一種承諾，是一生一世的。」E鄭重地說。

「如果其中一方變心想離婚呢？」情侶問。

「怎能輕易作出這個決定？外面的世界，離婚率愈來愈高，但有沒有想過，當初你為何要跟對方在一起呢？結婚前我們至少談戀愛兩三年，如果覺得不適合就不要結婚，婚後隨時可換人的話，那就不叫作承諾了！」E有點激動地說，「除非涉及罪行，否則很多離婚的原因其實都只是冠冕堂皇的藉口。」

擁有典型的印第安人外表，皮膚黑黝，個子較小的E，驀然間變得好高大，那副有承擔的肩膀散發著光芒。他令我想起一部電影中的一句話：「不確定就不要牽手，牽了手就不要放手。」

「如果不離婚但有外遇呢？」情侶繼續追問。

「他們會自己離開，永遠離開烏魯族。」

「換了是在其他族群，犯了事，可能會嚴懲甚或取其性命。但在這裡，我們甚麼都不會做。」

要他們離開這個簡單無污染的族群，輪迴於現代人的金錢鬥爭之中，走向萬惡深淵，也許是更殘忍的一個懲罰。E說慶幸的是，暫時未有族人做過這件事情。

黑夜降臨，大家在凌晨三時起床，相約一起撐船看繁星。這裡雖然沒有玻利維亞（Bolivia）的鹽湖星空般壯麗，卻更讓人心若止水。

烏魯族人遠離物欲橫流的外界，過著夜不閉戶、以物易物的純淨生活，不為金錢煩惱，著重人情，還守護著一生一世的理想愛情。

這樣的地方，我以為只在童話世界裡出現。沒想到在離家一萬九千多公里的一條湖泊上，能找到這個如實如虛的世外桃源，它在時代的洪流中存活過來，編織著一個遠古流傳的神話。

## 2.2 / 流逝中的語言

//「平時他們想學甚麼，我都讓他們自由選擇。但在語言上，我堅持要他們學會家鄉的語言，否則以後就再沒有人會說了。」他說新一代的族人都只學習主流語言與世界接軌，他不想眼睜睜看著威奇語後繼無人。//

走在玻利維亞的拉巴斯（La Paz）時，電話突然壞了，用盡所有辦法也開不了機，心裡簡直是晴天霹靂，相片和影片沒了，寫好了的專欄稿子都沒了，無法聯絡別人怎麼辦？訂票怎麼辦？行程怎麼辦？內心充滿焦慮，但只要想到自己是一個人，所有事情也得靠自己，要冷靜才能解決問題。

四處奔波，根本找不到能維修電話的地方。到女巫市集附近問，一個戴著黑帽子的女人說可以幫我，她打開手中的藤籃，讓我看裡面的一條乾癟的四腳屍體，我大吃一驚，看不清楚是甚麼動物，亦不知她是誤會了我的意思還是甚麼，該不會是想用巫術去挽救我的電話吧？

驚魂未定，我急步離開，最後在一個廣場裡買到一部陳年款式的智能手機，算起來才幾百港元，其實滿好用的，也能下載通訊應用程式。我發覺過去我太依賴電話了，才導致當時的驚慌失措。以後除了用電話記錄外，也回歸基本步，多用紙筆和腦袋記下事情。

也因為買電話的緣故，認識了幫我找賣家的當地人A，記得他說話時聲音特別大，喜歡分享家鄉趣事。他是威奇族人（Wichi），早已離開族群，到市區尋找更好的工作機會。他的雙親仍住在鄰近阿根廷邊境的原住民聚居地，生活不容易，每每要面對食物、清水和土地分配等問題。他說家鄉出產的蜂蜜最清甜了，叫我有機會一定要去品嚐一下。

A已婚，育有一子一女，分別是八歲和十三歲，都在市區的學校上課。「學校教的主要是西班牙語，那是最普及的語言了，我只能在家中教他們威奇語。」他說孩子在學校、公共場所和同輩間都用西班牙語，要他們學習另一種難以於日常運用的語言並不容易。

「平時他們想學甚麼，我都讓他們自由選擇。但在語言上，我堅持要他們學會家鄉的語言，否則以後就再沒有人會說了。」他說新一代的族人都只學習主流語言與世界接軌，他不想眼睜睜看著威奇語後繼無人。

「這不只是語言的問題，族裔自古傳下來的一套價值觀，都會無法傳承下去，這是我最不想看到的事情。」他嘆息地說。

後來我去了波羅的海三小國——愛沙尼亞（Estonia）、拉脱維亞（Latvia）和立陶宛（Lithuania）。一九八九年，三國超過二百萬人民手牽手串連成六百多公里長的「波羅的海之路」以抗議蘇聯壓迫，創下歷史性的一刻，最終各國先後脱離蘇聯，宣告獨立。我欣賞小國人民追求自由的堅定，亦增添了我前往當地的興趣。

即使俄語是蘇聯地區的共通語言，英語則是世界的強勢語言，但獨立後拉脱維亞只將拉脱維亞語列入官方語言。國家在數年前曾舉行應否將俄語納入第二官方語言的公投活動，結果在超過七成的投票率當中，有七成多的人投下反對票。而以往國家繼承了蘇聯的雙語教育體系，但後來亦立法逐步限制學校以俄語作為教學語言。

「拉脱維亞語就只廣用於拉脱維亞，我們守護它，確保它不被其他語言侵襲甚至取代，其實亦在守護我們的民族獨特性。」一位拉脱維亞人跟我說。

隨著拉脱維亞的經濟危機和失業問題惡化，不少人往他國尋找待遇較好的工作甚至移民，以致國內人口減至一百多萬人，亦令拉脱維亞語邁向瀕危之路。

「若有天丟失了語言，文化也會一同被遺忘。」他說。

歷史的演變、族群的共同記憶，甚至連他們在世界上曾建立過的文明痕跡，都會完全被抹去。

時代轉變得太快，當大部分人都在適應生存，任由社會和生活壓力把一種語言慢慢蠶食，有人則會站起來守住文化流傳的最後防線。

在世界的浪潮下，維護語言是一種使命，它不只影響我們日常生活的溝通，當中的片語隻辭也蘊藏著民族的精神與特徵，透視著甚麼事情對我們重要、我們怎麼看待這個世界、為何幾個詞彙能像摩斯密碼般拆解某些暗示，又為何某句說話一捲上口就能喚起幾代人的集體回憶。

愛惜一片土地，先要守護它的語言。

# 2.3 ／ 離開的慶典

//我參觀過不同國家的墓園，曾細心地閱讀每一塊墓碑。難以想像，人們怎麼可以將對一個人的所有印象與情感，都擠壓在一張黑白照片，和一堆過於理性的資料裡。他們的一生，宛如一本等著被攤開的傳記，卻被理所當然地略過。//

在印度孟買（Mumbai）的「垂死之家」當義工的日子，每天忙著整理床鋪、餵病人吃飯、分配藥物和安排午睡等，徘徊在那個昏暗而空曠的房間裡，一張張鋼架床被排放在一角，床上的人佝僂著身子，眼神空洞，像晃遊於另一個時空。

修女說：「他們都是上天帶來的禮物，死後也能上天堂，我們把他們帶到這裡直至生命的終結，如同印度教徒終把逝者的灰燼拋進恆河裡，希望靈魂最終能找到歸宿。」

從那天起，我認真地思考「死亡」這個課題。

我參觀過不同國家的墓園，曾細心地閱讀每一塊墓碑。難以想像，人們怎麼可以將對一個人的所有印象與情感，都擠壓在一張黑白照片，和一堆過於理性的資料裡。他們的一生，宛如一本等著被攤開的傳記，卻被理所當然地略過。路過的人，只能在肅穆的氣氛下，靠著如此簡陋的線索去了解他們。

但旅行確實顛覆了我對很多事情的想像。在南美洲，有不少地方的墓地都被悉心布置過的，例如有各具特色的陵墓形狀、七彩的花朵，還有逝者喜歡的物件擺設等。

後來去了羅馬尼亞（Romania）的快樂公墓（Merry Cemetery），一排排十字墓碑上刻有精緻的彩繪圖，將逝者的形象以故事的方式呈現出來，底下寫著不同風格的碑文，有的更是幽默有趣的詩詞，令逝者的個性更鮮明立體，亦少了傳統的憂傷調子。

又參與過一些拜祭典禮。在馬達加斯加（Madagascar）的時候，當地導遊帶我走到安巴托蘭皮（Ambatolampy）裡的一個小村落，拜訪了一個家庭，並參加他們數年一度的「翻屍節」（Famadihana）。

在節日當天，村裡擠滿了人，大家於攤檔旁邊分享著食物、水果和朗姆酒等。儀式開始時，家屬將祖先的遺體一個接一個地從墓地裡挖出來，放在草蓆上，換上新裹布，然後寫上親人的名字。我本帶著嚴肅的心情以表尊重，但現場歡聲四起，樂隊奏出活潑的音樂，氣氛滿是輕鬆的。

「他是我的弟弟，又跟我們會面了，」一個少女說，她打開裹布，與其他家屬一起觸摸著那乾枯的肢體，一邊低聲說話，「我們向弟弟問好，謝謝他一直以來的保佑，也告訴他我們的近況。」聽起來像是一個家庭相聚的時刻。

數百人分成小隊，把十多具屍體包紮好，分別撐在頭上。音樂愈來愈激昂，人們扛著屍體，放聲唱歌，盡情起舞，猶如一個普天同慶的派對，最後向遺體灑酒，搬回墳墓裡，在笑聲下結束儀式。

「以快樂的形式悼念逝去的親人是一種尊重和榮耀，亦是跟他們的一種聯繫。」少女滿足地說。

我在秘魯利馬（Lima）的瑪麗亞地區（Villa Maria）也見證過類似的祭祀活動，一隊交響樂團圍著墓碑演奏輕快的歌曲，親朋好友在喝啤酒說笑。而愛爾蘭式的守靈（Irish Wake）也是大家聚在一起喝酒，笑談他們與逝者間的相處故事。猶太人也有一個七天的哀悼儀式叫「坐七」（Shiva），親屬會到逝者的家中，吃著糕點，透過聊天緬懷與逝者生前的相處時光。在墨西哥（Mexico）的亡靈節（Day of the Dead），家人會聚餐慶祝，點起燭光呼喚家庭成員的靈魂回家。

死亡，是一個可怕得讓人頭皮發麻的詞彙，它象徵著分離、哀豔無常或繁華落盡，但對有些人來說，則是重生與救贖，亦有人視它為華麗的結束，代表一個人完成了其燦爛的一生，值得好好記下和慶賀。

L075 R074

對於離世的親人，總有難過與不捨，但有人會嘗試抱著歡愉的心情，作最後的送別。對逝者來說，是肯定他們在世的一切事蹟和貢獻。對悼念者而言，亦是一種釋懷的過程。當離開不只有傷痛，死亡變得稀鬆平常，對活著的本身也加添一份豁達與堅強。

「他們應該以最好的方式被記得。」一位秘魯人在祭祀中跟我說。

我在想，人的一生精彩如此，何以以淚水收場？我希望到那一天來臨的時候，我能帶著溫暖的故事離開，身邊的人笑著送別我，播我喜歡的歌，來一個歡樂派對，訴說跟我一起的點滴，敬我的糗事一杯酒，記住我的勇敢與善良，把我的精神刻在石碑上，好讓它保存於時間的荒野之中，永遠不被磨滅。

## 2.4 / 信念的力量

//看著眼前傲然挺立的巨岩，司機同時分身飾演導遊說：「它有二千五百多米之高，攀上去要大約兩個小時，需要點體力。」跋涉教堂要先走一段梯級路，有些位置特別狹窄，彷彿稍一不慎就會墜落山崖。//

曾有讀者問我，為何我去旅行總戴著頭帶，我會說那是一種「信念」。旅途中，我幾乎每天都在解難，每次只要我繫好頭帶，就覺得自己能想到辦法，有點像電影《尼蒙利斯連環不幸事件》（Lemony Snicket's A Series of Unfortunate Events）的女主角綁起頭髮的作用一樣。

在非洲停留最久的地方是埃塞俄比亞，幾乎每一個方位都曾留下我與背包壓下的沉重腳印。堅持不乘搭內陸機的結果是，讓旅程變得更富挑戰性，也令我挺精疲力倦，而坐當地的小巴更令我迅速學懂了跳蚤與木蝨的分別。

單是由首都阿的斯阿貝巴（Addis Ababa）去宗教聖地拉利貝拉（Lalibela）已需近兩天的時間，後來到默克萊（Mekele）參團觀賞火山和七彩硫磺湖等奇觀，期間不知是睡的旅館不乾淨還是甚麼，一朝醒來全身出紅疹，痕癢難當。

但我還是繼續旅程，戴上頭帶與鴨舌帽，跟在路上碰上的台灣女生一起出發到被稱為世上最危險的教堂——位於提格雷（Tigray）地區一個險峻山崖上的 Abuna Yemata Guh。

看著眼前傲然挺立的巨岩，司機同時分身飾演導遊說：「它有二千五百多米之高，攀上去要大約兩個小時，需要點體力。」跋涉教堂要先走一段梯級路，有些位置特別狹窄，彷彿稍一不慎就會墜落山崖。

中段是最棘手的，我們必須在四百米高的垂直石壁上攀爬。因防腳滑的關係，眾人要先脫下鞋子，赤腳而上。我曾學過攀岩，但在這裡也因畏高而步履艱難，特別是回程的時候。「左腳踏在這個凹點，右手抓住那裡」，旁人加以指點，碎石從腳旁瀉下，我借用繩索輔助，才勉強地撐了上去。

不少人排隊等著上落石壁，當中有穿著長裙的女生，也有顫顫巍巍的老伯。最後一段路也要手腳並用，爬過高大而陡峭的石峰，走過驚險的窄道，終於來到這個懸崖上的教堂。一位罩著素袍、白布纏頭的神父，為我們打開大門。

「你們甚麼時候會爬上教堂？」我問走在前面的幾位埃塞男生，他們都來自首都。

「每個星期日，有彌撒、浸禮或一些特別儀式的時候。」

「但為何要來這個教堂而不是別的呢？」

「因為建立這個教堂的聖人得到上帝的應許，所以凡登上這裡崇拜的信徒，未來七代都會蒙受祝福。」

「你們不怕危險嗎？」我俯視峽谷那萬丈深淵，雙腳抖起來。

「對我們來說是一種光榮。各地的埃塞人經常前來參拜，我們領受上帝的旨意，不怕危險。」

他們在每年的梅斯克爾節（Meskel Festival）也會參與這個教堂的大型崇拜活動，那是當地的一個重大節日，上月我也有幸能參與其中，在首都穿上埃塞俄比亞的傳統長裙，隨著廣場上的金字塔形篝火熊熊燃燒，跟著成千上萬的當地人一起高舉燭光，載歌載舞，甚為難忘。

他們又說，很多婦女會不惜險阻，堅持揹著嬰兒攀爬，帶他到神父面前受洗。信徒亦會在某些日子於深夜便起行，單靠月亮的微光登上山巔，參與清晨的彌撒。

他們摸摸頸上的十字架，走進畫滿了天使和門徒的拱頂教堂，謙卑地匍匐跪拜，聽著神父朗讀手繪羊皮《聖經》。據說教堂在五世紀由一位聖人挖出，他特意挑選一個人跡罕至的位置，除了確保其不會受到外來的侵害外，也深信這個於半空中的教堂更接近上帝與天堂。

自古以來，埃塞人因著這份不可磨滅的信念，和對救恩的渴望，得到了前進的動力。即使經歷貧窮與戰爭，他們依然信奉上帝，如同很多其他宗教的信徒走上朝聖之路一樣，無懼一切的歷練，不撓不折的堅持到最後。

我的長征之旅千辛萬苦，堅持著也許都只因一個信念。信念不同，但能量相近，無論是宗教、夢想、甚至談及基本的生存，信念能堅定一個人的決心，作為克服困難的精神支柱，亦如燈塔般起導航的作用，把我們帶到理想的彼岸。

# 2.5 ／ 真正的旅者

／／我在想，一個真正的旅者，其實不在乎飛得有多遠，看的景色有多美，而是在乎於對世界有一種責任感，尊重萬物的生命，愛護這個脆弱的大自然，讓下一代人都能分享到這份感動。／／

太陽彷彿從不會昏睡過去，映照著外面翻江倒海，船身劇烈地晃動，桌上的物件五零四散，我頭暈目眩地扶著欄杆，一直爬到房間的床上，奔入夢鄉。一開眼船隻已駛過了人稱「魔鬼海域」的德雷克海峽（Drake Passage），海面終於回復平靜。

穿好笨重的裝備，登上橡皮艇，橫越層層如鑽石般閃爍的浮冰。身後的雪山巍然屹立，一座座巨型的冰雕在水上擺出優雅的姿態，我以為自己走進了一個露天藝術館，但寒風忽颼，我恍然清醒，才意識到自己正身處地球最遙遠的一片淨土——南極洲。

想起當天我為了來這裡，花了一年多的時間，跟著網上的「365天儲錢大法」，像老婆婆一樣把錢放在公司抽屜的餅盒裡，數百日的堅持終換來一張通往夢想的船票，如今凝望著這片冰天雪窖，感動不已。

「謝謝你剛才幫忙翻譯。」駕駛橡皮艇的探險隊員E跟我說。

事實上，船上的乘客和職員幾乎都認識我，因為我經常幫忙翻譯，也因為只有我揹著大背包隻身來到這裡，後來甚至連從未跟我交談過的人也能喊出我的名字，誇讚我的遊歷，我竟成了別人茶餘飯後的談論對象。

「不客氣，舉手之勞。」我從厚厚的衝鋒衣裡找出運動相機，拿穩，拍下這個白雪皚皚的南極半島。

橡皮艇停下，我趴在座位上，盯著幾隻正俯衝入水的阿德利企鵝（Adelie Penguin），遠方還有頰帶企鵝（Chinstrap Penguin）、海豹和海鳥等。

「你知道我最喜歡哪一種鳥嗎？」E先打開話匣子。

「是哪一種？」我抬頭看她。

「是牠們。」她指著兩隻頭黑身白喙子紅的小鳥說。

「牠們是北極燕鷗（Arctic Tern），每年都會往返北極和南極一次，每趟旅程飛行約七萬公里，一生則飛行超過二百萬公里，相等於去了月球幾趟！你說厲不厲害？」

「哇！牠們是真正的旅者呢！」怎想到身型那麼細小的鳥，會擁有如此強大的飛行力。

「大自然真的很奇妙，我們應該好好珍惜它。」她說。

E來自巴西，是一位南極生態系統專家，曾以學者身分參與巴西和美國的南極計劃，八次到南極洲進行科學考察，十多年來致力研究生物在寒冷環境下的生存能力和進化過程。

「現在氣候持續暖化，加速了兩極的冰原融化，破壞動物的棲息地，令牠們面臨存亡之秋。」她解說，持續的工業開發及垃圾污染，如同打開潘朵拉的盒子，對地球帶來災難性的影響。

「污染物早就從世界各地流入極地，有的需要幾十年甚至更長的時間方能分解，例如一些微膠粒等，動物吃了會導致消化和營養不良。而因工業活動而殘留在海洋的小件如線網等，也足以對牠們造成致命的傷害。」

「我曾研究磷蝦（Krill）的特質，牠們是企鵝、鯨魚等海洋動物的主食，但在南極的磷蝦捕撈活動為牠們帶來糧食危機，亦破壞了食物鏈及生態平衡。」她娓娓不倦地說。

「人類總是把個人欲念和經濟利益放在最前，將最美好的事物糟蹋，也許，我們真的不配擁有這個純美的大自然。」我儲了錢那麼久為了來這裡，現在卻覺得，自己根本連踏足也不應該。

「誰不想來欣賞它的獨特美？重點是這種欣賞必須基於尊重，只有在尊重的原則下，一切才有實行的空間。你也可以透過了解這個地方，令更多人知道它的價值。」她説。

「其實只要每個人都願意多走一步，已經可以減低生態系統進一步覆沒。最簡單的做法就是自律，在這裡做好衣物消毒，保持觀賞距離，也不要遺下垃圾。」E說自己當了探險隊員多年，眼見有遊客不跟從指示，加重環境負擔，令她感到痛心。

説罷，E突然驚呼尖叫，手指朝無邊無際的大海指出一個方向，水面露出一個噴水的頭部，一條前所未見、身型龐大的鯨魚躍出海面，濺起巨大水花，我們不及吐息。

「那是珍貴稀有的殺人鯨（Orca）！」她説。我不敢眨眼睛，怕會錯過牠的每一個翻身，或每一下的尾鰭擺動。

E説殺人鯨幾乎不可能在這一帶出現，她亦從沒有在這裡遇過，不知我們到底花了多少運氣，才能碰上如此震撼的畫面。

但她沒有靠近這一刻的感動，反而把橡皮艇駛開一點，遠遠地觀看，彷彿用行動去呼喊「我在能否維持下去。

乎。」——在乎自己有沒有打擾到動物的日常生活，在乎牠們的感受，也在乎這個豐富多彩的生態

「我們有多大的能力去破壞，就有多大的能力去維護它。」她說。

我在想，一個真正的旅者，其實不在乎飛得有多遠，看的景色有多美，而是在乎於對世界有一種責任感，尊重萬物的生命，愛護這個脆弱的大自然，讓下一代人都能分享到這份感動。

別成為壓垮地球生態的最後一根稻草。

## 2.6 / 邊緣上的庫爾德人

//隨著音樂起舞，其中一位女生瞧見我，興奮地把我拉到台上。我跟她們一起手拖手、踢踢腿，台下的人看見我就更用力地拍手歡呼。這裡沒有一個人認識我，但也感覺沒有一個人是不歡迎我的。//

「抱歉，我申請不到簽證，來不了。」站在伊朗（Iran）與伊拉克的邊境，被關員拒絕入境，我只好傳訊息給住在伊拉克庫爾德斯坦地區的朋友S，請他不要等我，我大概在短期內都無法跟他碰面。

但命運還是把我帶到庫爾德族群。兩個月後，我從格魯吉亞（Georgia）陸路入境土耳其，本來想由特拉布宗（Trabzon）坐車到格雷梅（Goreme）。但因為齊戒月（註）後是假期，未來的一個星期幾乎所有巴士票都售完了。我在特拉布宗的沙發主幾經辛苦天才幫我買到最後一張車票前往賓格爾（Bingol），可以轉車去迪亞巴克爾（Diyarbakir）再輾轉到格雷梅。

迪亞巴克爾是庫爾德人（Kurds）的聚居地，而當土耳其人知道你要去那裡時，大部分人都會警告説那裡的庫爾德人是多麼的危險、無禮和沒修養等，就連這位土籍沙發主也不忘提醒我一句：「要小心這班可怕又愚蠢的人！」

就是這樣，我來到了迪亞巴克爾。甫下巴士，盯著一塊指示牌，一頭霧水，問了幾個人都不會説英語，後來有個男人走來用電話翻譯跟我對話，説可以帶我到市中心。「時間尚早，想先請你來我家，我親自煮早餐給你吃。」我心裡猶豫，對方始終是個陌生人，「請相信我不是壞人！我的媽媽亦很快會回家，我真的好想招待你這位來自遠方的客人。」

最後他真的在家為我煮了一頓豐富的早餐，我們聊了兩個多小時，跟著他幫我找巴士，還付了我的車資，我在巴士上看著他逐漸變小的背影，來不及多謝他，就連他的名字我也不知曉。

司機知我想去清真寺，下車時託一位女乘客帶我過去，女乘客熱切地跟我介紹這個老城。後來我經過一間煙霧迷濛的茶館，裡面全是男人，他們瞄到我這個揹著橘色背包的亞洲面孔，猶似看見稀有珍品一樣，雀躍地把我帶進去。

「歡迎來到庫爾德斯坦！」一杯、兩杯、三杯……我都數不清有多少人點了紅茶請我喝，只知道放在我面前的茶源源不絕。

「我們庫爾德人很好客、善良，也樂於助人，只是土耳其人看我們像危險人物一樣，總是攻擊和排擠我們。」任職英文老師的老伯D說，他坐在鋪了彩色毛毯的長椅上。

「為甚麼只聚焦在我們身上呢？伊斯坦堡（Istanbul）被連連襲擊，歐洲也發生過不少恐襲，但只有這裡的陳年舊事會被無限放大。」曾在日本住過二十年的E說，他用紙捲著煙草，啜在口中。

「來過的人都會愛上這個地方。沒來過的，都只是道聽塗說，加上傳媒的影響，其實很多指控都沒有根據。」長得像荷里活明星布萊德利庫柏（Bradley Cooper）的S說。原來他真的是當地的一名演員，還在手機上播放他曾演出過的戲給我看。

其實很多土耳其人也像我的沙發主一樣，從沒去過土東，也不曾真正認識過一個庫爾德人。眼前的庫爾德人圍在一起，興高采烈地玩骨牌遊戲歐給（Okey）、教我講庫爾曼吉語、請我吃小食，大家有說有笑的，怎樣看也跟「危險、恐怖」扯不上關係吧？

庫爾德族是一個擁有約三千萬人口的中東古老民族，族人主要為遜尼派穆斯林，流離於土耳其、伊朗、敍利亞和伊拉克等地，從遠古至今都在邊緣上掙扎求存。他們曾被多個帝國統治，飽受戰亂和遊牧之苦，一直尋求獨立建國，卻多番受到攻打與壓迫，而以建立庫爾德國為目標的反抗軍亦被多國視為恐怖分子。庫爾德人在土耳其約佔兩成人口，其政府對他們實施帶有歧視的高壓政策，包括打壓文化及限制工作機會等，土與庫之間的矛盾衝突因而從未間斷。

「我帶你到外面逛一圈吧！」老伯D說，跟手把他的牌子塞給別人。

他帶我走過具阿拉伯風格的清真寺，我在中央那錐形頂的噴泉旁，學身邊戴著禮拜帽的男人灌下一碗泉水，再繞過城牆遺蹟和幾所教堂，直入市集，其間有不少人跟我寒暄問暖。

「是甚麼聲音？」我聽到前方歡聲雷動。

「有人在裡面舉行婚禮。」D指著一座建築物說。

我好奇地走進宴會廳，侍應生隨即邀請我參與婚禮，遞上汽水和甜品給我。台上戴著頭巾的女生排成一字，隨著音樂起舞，其中一位女生瞧見我，興奮地把我拉到台上。我跟她們一起手拖手、踢踢腿，台下的人看見我就更用力地拍手歡呼。這裡沒有一個人認識我，但也感覺沒有一個人是不歡迎我的。

我會形容，這是奇幻的一天，一連幾次受到庫爾德人的熱情款待，盡顯其民族特色。我能從他們身上看到強大的團結精神，和那份親切的氣息，令我銘心難忘。

記得有次跟一位阿富汗難民聊天，她問我：

「為何人們總是喜歡發問？」

「因為不明白，所以想了解、求真。」我說。

「但我們通過發問只能了解到一點點。」（But we only learn a little by asking.）

「我們是透過感覺去學習的。」（We learn by feeling.）

她的說話一直影響著我。

耳聽三分假，眼看未為真，當親身感受過後，也許人們就不會再把伊斯蘭教教徒與伊斯蘭國劃上等號、或說伊朗和伊拉克人是邪惡軸心、俄羅斯人定是冷漠無情、北韓人都是演員，或把非洲想像成只有貧苦與荒野的刻板印象。

離別時，D幫我截了小巴，讓我可以順利回到車站。

我向他道謝，「我會把在這裡真實感受到的一切，回去告訴別人。」

D感激地握著我的手說：「你擁有一顆純潔的心，謝謝你，美麗的靈魂。」

---

註：伊斯蘭教曆九月為齋戒月。在這個月裡，穆斯林每日一般從清晨至晚飯時間左右禁止飲食，凡於齋戒月到伊斯蘭國家的旅者，應尊重當地的齋戒月習俗。

## 2.7 ／ 來，種一棵樹

//比起在追名逐利的成功標準下發亮的人，我更欣賞那些默默為眾生貢獻的人。他們真誠地奉獻時間與心力，不求回報，只求在世界崩壞瓦解之時，伸出一雙手，接下剝落的碎片，一塊一塊地，黏貼修補。//

以格魯吉亞的首都第比利斯（Tbilisi）為基地，來回亞美尼亞（Armenia）、卡茲別克（Kazbegi）和梅斯蒂亞（Mestia）等地後，每次我都回到同一所青旅。其實它沒有特別好，入住安排總是混亂，前台又總是找不到人，但我看上它的房費便宜且位置方便，而最重要的是，每次回去都總能看到一些熟悉的面孔——

每晚在男女混合房坐在擴音器上彈電結他開演唱會的俄羅斯搖滾男、總是笑容燦爛在等待去做義工的荷蘭女，和常說我穿的烏克蘭傳統服裝好看的加泰羅尼亞男生等。大家都揣著各種理由依戀在這個小屋子裡。我們會坐在共用廳裡吃飯，有人唱歌、有人彈結他，也有人用餐具敲打著玻璃杯，而我則永遠是聞歌起舞、旁若無人的那一個。

偶爾在夜巴看著夕暮時，會回想起這些片段。

在那段日子裡，我跟那個加泰羅尼亞男生E交談較多，由他解釋「加泰人」的身分開始，一直談到大家的志向。他以前是玩欖球的，曾到香港參與國際七人欖球賽，他就是在比賽中會看到的典型帥哥——高大健碩的身型、迷人的藍眼睛、一頭凌亂得來帥氣的棕髮，隨性地穿上白T恤牛仔褲已能傾倒眾女生。但他做的事情，遠比他的皮囊耀眼。

E一直熱愛欖球運動，可是數年前在比賽中跌斷了腳，那場意外令他不得不放棄玩欖球。在休養期間他反思了很多，亦想起了一些一直想做但未能專注去做的事情。

他主修農業學，意外後他曾於阿根廷生活了一年，及在哥倫比亞（Colombia）生活了兩年，主要留下來教當地人種植健康的食物和推廣可持續農業。後來他眼見哥倫比亞的販毒問題日趨嚴重，於是積極接觸農民，教他們如何栽種薑黃，以代替可卡因賺取收入。

「雖然薑黃沒有可卡因能賺錢，」E坦言，「但透過不斷的講解，讓他們知道可卡因的禍害，慢慢地得到他們的接受。」

回家之後E就展開了這趟旅程，在此之前他與弟弟（當時弟弟身體不適住院幾天，他每天也到醫院探望他）成立了NGO，並在網上舉辦眾籌，讓兩人能夠騎電單車到不同國家的孤兒院種植水果樹。由東南亞開始，至今種植了數千棵樹，比如在越南（Vietnam）種了一千五百棵、在泰國（Thailand）種了二千五百棵。

「那不只是我們的功勞，當地居民，連同孤兒院裡的職員和小孩，會一起幫忙種植。我們藉此教他們栽種技巧、如何善待環境和自給自足，而最重要的，是我們一起完成這件事情，經歷快樂。」他們之後還會到歐洲和非洲各地做同樣的事情。

這些舉動只是開始，E說他日後還有更多更長遠的計劃。例如他住在法國的佩皮尼昂（Perpignan），發現附近的泰什河（Tech River）一帶有太多蘆竹（Arundo Donax），生長速度快，會危害周邊植物的成長。他未來想研究以菌草（Juncao）技術在該植物上培植某種菌菇，既可停止蘆竹對其他植物的傷害，亦可提供更多健康的食物，鼓勵更多人吃素。

「為甚麼想這樣做？」我問他。

「因為我真的相信，這個地球的壽命只剩下十年左右。」E慨嘆道。

在這個世界上，有人著眼於一己之利，也有人不計較地為他人付出。當人們在不斷破壞，他們就盡微小的力量努力挽救。

比起在追名逐利的成功標準下發亮的人，我更欣賞那些默默為眾生貢獻的人。他們真誠地奉獻時間與心力，不求回報，只求在世界崩壞瓦解之時，伸出一雙手，接下剝落的碎片，一塊一塊地，黏貼修補。

對我來説，他們才是真正值得敬佩的人。

# 2.8／生於斯死於斯

〃M說自己只是不喜歡政府，卻很愛這個地方。「有些人，國家病了，會選擇逃跑，而我則會想辦法令它變好。」〃

我坐共乘車從烏克蘭穿越到德涅斯特河沿岸共和國（Transnistria，簡稱德左）。來到德左所設立的關卡，因摩爾多瓦不承認德左是從他們國家之中獨立出來的關係，這裡只有單邊邊境。警察檢查我的護照後，給我一張入境紙，並批准我逗留五天。這個數字很隨機的，另一位旅客說他們只給他一天的逗留時間，原因未明。

德左於九十年代初宣布獨立成國，很多人都不知道它的存在，它一直不被國際普遍承認，但卻擁有自己的政府、貨幣、國會和護照等。而最有趣的是，他們有種看起來像玩具卻又真的能正式使用的塑料硬幣，每次我拿出來給朋友看，他們都嘖嘖稱奇。首都蒂拉斯波爾（Tiraspol）的主街有著蘇聯時期的色彩，寬敞的街道，擺放了巨型國徽與看板，還有史太林（Joseph Stalin）和列寧（Vladimir Lenin）的雕像。

我坐巴士回到摩爾多瓦的首都基希訥烏（Chisinau），踏進一間旅舍，老闆娘M便向我介紹附近有甚麼好玩好吃的，由教堂建築，到田園湖泊，至美酒佳餚，都無一不盡心講解。又談及其國家狀況，「德左建國就像小孩玩遊戲一樣，其實根本就是摩爾多瓦的一分子。還有，你說啊！我們這裡甚麼都有，真不明白為何有人想加入歐盟做奴隸！我不見得鄰國比我們好多少。」她說摩爾多瓦裡有大半人想跟歐盟成員國之一的羅馬尼亞合併，其餘則有不少人想投靠俄羅斯。

摩爾多瓦是歐洲最少被遊覽的國家，曾與羅馬尼亞屬同國，後被蘇聯分割成獨立國，在一九九二年與德左爆發戰爭。這個人口只有三百多萬的小國的經濟每況愈下，人均國內生產總值只有約三千美元。

「為何就只想要靠別人？為何就不能好好建立自己的國家？」她鎖著眉頭說。

摩爾多瓦的政府貪污腐敗，年前她在一間銀行存放的錢突然消失了，多年來的積蓄化為烏有，這件事顯然地涉及多方面的政商勾結，但最終卻只有一人被捕。在電視上人們會公開談論誰人貪污，「大家都知道甚麼人犯案，但那些人卻仍可繼續參選市長和在政府部門裡工作，荒謬至極！」她氣得站了起來，狠狠地喝了一口水。

雖氣憤不平，但M說自己只是不喜歡政府，卻很愛這個地方。「有些人，國家病了，會選擇逃跑，而我則會想辦法令它變好。」她現時在基希訥烏擁有兩間小小的旅舍，她說這裡是她的根，再困難也不會選擇離開。

問及M的夢想，她想也不想就說：「住在摩爾多瓦直到我死的那一天。」（Live in Moldova until the day I die.）她相信只要大家都願意為國家付出，就定能令它變好。

想起在智利（Chile）的時候，曾有一家委內瑞拉人邀請我到府上吃飯，跟我訴說有家歸不得的痛苦，他們都因為國家政局不穩而被迫走到智利。我瞟了一下屋裡的一張畫布，上面畫了一個正跟別人談話的委內瑞拉人，但其腦袋卻不見了，遺留在遠方的委內瑞拉（Venezuela）。

「生於委內瑞拉，死於委內瑞拉。」他們的意思說。大家都期盼著歸去的一天。

有一種情，是當浮萍生了根，有了牽繫而產生的。有很多人，即使口裡能說出那個地方的千萬個缺點，還是想留下來。他們會用一生的時間，去證明它的價值，去等待它、改變它，堅信它會好起來。

會好起來的。

# 2.9 / 與亞馬遜森林共存亡

//亞馬遜森林是全球最大面積的熱帶雨林，一直扮演著淨化地球空氣的角色，亦擁有珍貴的動植物品種和原住民文化。S 指出，人類不應單想怎樣透過「排他」以逐利，而是如何與雨林和萬物「共生」。//

在秘魯的庫斯科原本坐飛機到首都利馬，於同日轉機至伊基托斯（Iquitos），再前往亞馬遜雨林（Amazon Rainforest）。所有乘客都已坐在機上，飛機亦已開行，就在起飛前的一刻，廣播突然宣布延遲起飛。兩個小時後，再宣布航班被取消，請我們所有乘客下機。這也意味著，我連下一程飛機和原本要參加的亞馬遜團也趕不上。

回到大堂，因航空公司堅持不賠償機票錢以外的損失，大群乘客在起鬨、辱罵、甚至跟職員打架起來，場面混亂不堪，我以為自己身處一場荒誕話劇之中。我在南美洲早已鍛鍊出一顆強壯的心臟，心知理論沒有結果，於是拿了機票退款，在你推我拽中打開手機，找當晚的住宿、取消預訂了的團，再想辦法前往亞馬遜森林。

辦法總比困難多。鏡頭一轉，我已在混濁的亞馬遜河上撐著獨木舟，欣賞日落美景。雨季的亞馬遜總是陰陽不定，大雨突襲，把我澆了個渾身濕透，我立刻披上風衣，跟後座的導遊S努筋拔力地划回岸邊。

「真的，我的爸爸有十七個老婆，我的媽媽排第五。」S說，上岸後他換上一件長袖衛衣，卻仍然冷得發抖。

S在東南部的瑪努省（Manu）出生，住在Chilive族群裡，父親是位高權重的族長。「族裔的首領一般都擁有多個老婆，是很平常的事情。」他直言自己不喜歡這種習俗，後來跟母親離開了家鄉，搬到市區生活。

晚霞過後，我和團友們換上水靴，腳纏藤蔓，在高聳不見頂的巨樹群中，細聽夜雨淅淅瀝瀝。S拿起電筒，撥開一大瓣樹葉，帶領我們尋找巨型蜘蛛、蜥蜴和各種昆蟲。他提及到，森林裡有些部落不時受到外來侵襲，他們掠奪土地、非法伐木和打獵，政府卻不加阻攔。

「人們常說原始部落的人野蠻，其實現代人更野蠻，要將我們趕上絕路。」S無奈地說。

我在亞馬遜森林住了幾天，完全是與世隔絕的，沒有網絡，只能有限度地充電，過著晃悠在吊床的生活。難得如此貼近大自然，在茂林下沒有牽絆，一切心結彷彿都消失於蝶舞翩翩之中。我記得S在船上緊握釣竿，揪起一條牙齒鋒利的食人魚的畫面。又記起他的眼睛如鷹一樣敏銳，樹頂上的樹懶、草叢裡的紅毛猩猩、掠過上空的鸚鵡，或潛伏水面的鱷魚，都逃不過他的雙眼。

有時我會半夜熱醒或被奇怪的叫聲吵醒，又因為蚊子太多，被叮後總是腫得一大包，久久不退。有一晚我索性不睡了，天還未亮就跟S去學習分辨植物，哪些有麻醉止痛作用、哪些能治療感冒咳嗽或風濕病等，他都如數家珍地給我展示。

「十多歲的時候，我因貪玩弄傷了手，傷得很嚴重，試了很多方法都沒有用，市區的醫生建議把手切除，但媽媽就是不相信會找不到辦法，帶我回到部落找爸爸幫忙。爸爸為我找來山巒裡的一位老巫醫，他切下棕櫚樹的某部分，混入其他藥材，作外敷內服之用。結果啊，你看我現在的手就知道了。」他揮動左手，笑說看來比受傷前還要靈活。

他說亞馬遜的人都靠著古老的醫方，採藥治病，世世代代都這樣活過來，「他們最瞭解各種植物的藥性了，我亦多次見證著其功效。雨林為人類提供豐富的藥物，而原住民則是藥師，人們要消滅兩者，是最不明智的選擇。」

當天下午，其中一位旅人分享了在森林裡的一場神秘體驗，他講述自己吞下一碗草藥湯，加上古老的儀式，經歷了一場釋放潛意識裡的情緒的過程，他驚嘆世間竟有如此奇特的植物，能治療身心靈。

亞馬遜森林是全球最大面積的熱帶雨林，一直扮演著淨化地球空氣的角色，亦擁有珍貴的動植物品種和原住民文化。S指出，人類不應單想怎樣透過「排他」以逐利，而是如何與雨林和萬物「共生」。

數個月後，巴西等亞馬遜區域大火延燒，身處歐洲的我跟遠方的S聯絡上，他說：「希望世人都能明白，亞馬遜森林是與人類一起共存亡的，摧毀它等同摧毀人類的將來。若叢林死去，人類也將隨之。」

亞馬遜森林充滿靈性，連結著各種能量與智慧，自古以來吐納著無數的生命，生生不息。

萬物再生，綠葉常在，而腐朽的，從來只有人心。

## 2.10 / 她們的小革命

// 哪一種人生都需要勇氣，有人就順著傳統，忍受著一點苦，但亦有這麼的一班女生，試圖打破宿命，於生活細節中與守舊觀念抗衡，在別處尋找自我認同和意義，掀起內心的一場小革命。//

小卡車上站著一隊持AK－47步槍的軍人，帶領多輛四驅車越過黃土，泥塵如風暴般擲向車上的人，我不經意地拭拭臉，食指刮出一團厚厚的灰垢。

司機把混帶著污泥與肅殺味道的恰特草（註）放進口裡，咀嚼著不安。摩爾西（Mursi）部族與阿里（Ari）部族一直爭執不斷，附近不時有槍戰發生，軍人停了下來跟摩爾西族人對話，小心地確認前方沒有打鬥後，車隊疾速前行。

我在非洲拜訪過孔索（Konso）、巴納（Bena）和卡魯（Karo）等部族，相比之下，摩爾西部族給人的感覺較強悍一點。很多婦女均有戴唇盤，她們的嘴唇和耳垂在年少時就被割開以放入圓盤，放的圓盤愈大代表愈美。聽說以前是為了醜化自己以逃避被捉拿當奴隸，但現在已可自行決定是否要置入圓盤。可是，沒追隨傳統的女生始終較難出嫁，因此在政府下令禁止前，這個習俗還是被傳承。

「這是我們的傳統。」其中一位婦女說。

我看著其早已癒合的傷口，彷彿習慣了便不再痛。我尊重她們的傳統，但無可否認這是對女性的殘酷，為其帶來巨大的痛楚和終生的不便。

兩天後我幸運地能參與哈莫（Hamer）部族的跳牛儀式（Bull Jumping Ceremony），是其村內少男必須通過的成人禮考驗。主角須赤裸全身跳過一排牛的背部，連續來回幾次不摔倒方代表他有能力娶妻。在儀式開始前，女生們腳繫銀鈴，吹奏號角和跳舞，更哀求男主角鞭打她們。他毫不猶豫地用鞭子抽打，女生的背部被打至皮開肉綻，鮮血從新舊疤痕中滲出，但她們卻若無其事地繼續蹦跳。

「我們都是這樣的。」一位女生說，她跟其他女生一樣頭髮塗了紅泥。

又有些日子，我走進了達賽納（Daasanach）部族，被一家人邀請到府上。我彎身爬入由幾塊鐵皮搭成的半圓小屋，村裡的其他女生都聚攏在這裡，僅靠一個小洞透光。她們裸著上身，掛著紅紅黃黃的串珠飾物，下身披上花巧的布料，有的挺著大肚子，有的帶著幾個孩子。她們談起丈夫可以三妻四妾，亦可跟別人的妻子歡愉，甚至展示哪裡是男人的熱門偷情地，猶如一件理所當然的事情。

「為何這些事情總是發生在女生身上？」我在想。

另一邊廂，在肯亞的首都奈洛比（Nairobi），我的沙發主C本是馬賽（Maasai）人，早就離開了家族。她覺得不只是馬賽族的族例，而是肯亞的整個社會氛圍都是對女性不公平的。

「肯亞的男人大部分都不專一，一夫多妻乃等閒事。我身邊有很多朋友，結婚後辛苦照顧家庭和小朋友，還要忍受著丈夫的多情，有的更遭受家暴。」她說，肯亞女人普遍不被男人尊重，特別在婚後情況更為嚴重，因此現時接近四十歲的她，並沒有結婚的念頭。

「我無法接受自己要過這種生活，還不如一個人好，至少我不用受控於人，可以善待自己，過想要的生活。」現時她經營多項生意，包括旅行團，也有賣紅酒，還打理一家雜貨店。我後來也透過她的旅行社參加獵遊（Safari）看動物。閒時她還喜歡研究食譜，頻頻接待沙發客，認識來自世界各地的朋友。

「有不少女性朋友看到我的生活，說彷彿帶給她們一份勇氣，有的最終更選擇離開家暴的丈夫。」

C為人樂觀又健談，是個不折不扣的女強人，雖然平日很忙，但你能看出她有多享受。

很多女生像C一樣，就是偏偏要從社會的規範中證明「我們不只有這樣」。就如旅途上，我遇過保加利亞（Bulgaria）的羅姆族（Roma）女生拒絕出席「新娘市集」（Bride Market），不讓自己如商品般被人開價錢買下；三十歲的烏克蘭女生因未找到心儀對象，堅決不如其他女生一樣趕著在二十出頭時結婚，即使她要抵受著流言蜚語；愛沙尼亞女生無懼批評，婚後與丈夫過著「女主外、男主內」的生活，笑說「老公洗衣服和煮飯肯定遠遠比我優勝」；跟二十歲的阿塞拜疆女生小酌一杯，她穿露肩上衣聽著搖滾樂，別人說她反叛她不認同；與伊朗女生在德黑蘭（Tehran）逛街，她在佩戴頭巾時故意露出一條長長的馬尾，雖然她知道被警察發現的話會惹上麻煩，但「為何出生文件上的宗教要定義我的生活？」她撇撇嘴說。

哪一種人生都需要勇氣，有人就順著傳統，忍受著一點苦，但亦有這麼的一班女生，試圖打破宿命，於生活細節中與守舊觀念抗衡，在別處尋找自我認同和意義，掀起內心的一場小革命。

其實只要不傷害別人，追求自己想要的一生，有何不行？旅途中也有人向我催婚，勸我穿上裙子化個美妝，別到處走像個男生，我莫名其妙，都二十一世紀了，還要求女生要穿得漂漂亮亮為悅己者容，我看那都是滿足男權社會的道德準則吧？怎會有人要求一個背包客無時無刻帶著妝？

即使要真正實現性別平等，還要走很長的路，特別在某些國度裡，婦女在社會、經濟和婚姻中的地位仍然較低，但透過女生們日常的堅持，拋開性別定型的枷鎖，逐少挑戰世俗的尺度，爭取身體自主、戀愛自由與自我著裝等權利，一步一步的向前推進，不讓別人掌管自己的人生。

她們的精神，如棉絮般飄散，在別的女性心中繁衍希望。

也許終有一天，她們能打破這道無形的藩籬，毫無顧忌地告訴全世界，活著人人都平等，人生是有選擇的。

註：恰特草（Khat）是一種植物草藥，又稱「阿拉伯茶」，有「東非罌粟」之稱，據説最早源於埃塞俄比亞（Ethiopia），也有產自其他東非國家及阿拉伯半島地區。不少非洲人將其當作零食，常咀嚼嫩葉部分以提神和減壓，亦會在社交聊天時嚼食。

第三章 —— Chapter 3

# 愛意與情誼

# 3.1 / 帶爸爸去旅行

//有人說帶父母去旅行「來日方長」，這個世界沒有「來日方長」，因為「來日」這兩個字你根本無法掌握，為何就不能把握這一秒，趁著大家都健康，好好出走一趟？//

小時候住在臨時房屋區，我對當時的印象很模糊，依稀記得一家五口擠在狹小的鐵皮屋裡，裡頭分隔了上下兩層。記得間中會赤著腳去幫忙搬抬藍色的石油氣罐，又記得雪糕車的聲音令我最為期待，「可以吃一支甜筒嗎？」我總是問你。

最深刻的，是有年生日，大概是我「男仔頭」吧，你買了一支玩具槍送給我。那時才三歲大，我拿著它，帶領著鄰居小孩，到附近的小山坡「探險」，也許是因為當年的自由自在，而培養出一顆驛動之心，我由當年的「通山跑」變成現在的「通國跑」。

那是你跟媽媽帶給我的大世界。

後來上了公屋，我和哥哥、弟弟開始上小學，你總是忙著上班賺錢，有時見你手指破傷回來，翌日蓋上藥水膠布，像沒事發生的又去工作。你從不捨得去旅行，也許因為旅行對你來說是一種奢侈品。記得媽媽很早以前就想置業，但你擔心將來沒有足夠的錢供我們讀上大學，最終等到樓價飆升苦追無期，不得不放棄這個置業夢。

你就是這樣，總是以家為先，以我們為先，將自己的一切願望都押到最後。

轉眼過了十多個春秋，家裡少了一雙筷，下過一場暴風雨，而你也消瘦了、沉默了。

有一年，我們一起去台灣參加弟弟的畢業禮，那時你六十出頭，才第一次坐飛機，手機拍下數百張照片，「這些雲真美、真的很美！」回港時喋喋不休地跟朋友分享遊歷，我就知道你不可能對這個世界沒有興趣，只是從未敢去想。

然後我跟你，有了一個不明文的約定——每年一起去旅行。

第二年我問你：「你要去越南嗎？」

「傻的嗎？越南有甚麼好去？」你說。

「哦，那就算吧，當我沒説過。」

幾天後，你有意無意的在我附近擾擾攘攘，終於開口：

「你……不是提過甚麼越南嗎？幹麼吞吞吐吐？講來聽聽吧！」

好吧，其實你是想去的，又裝作沒興趣，好像那次我參與了水墨畫展，邀請你去看，你説我畫得醜沒興趣，隨後又偷偷入場支持，總是口不對心的。

那次你跟我揹著背包遊走峴港（Da Nang），坐世上最長的單線纜車上巴拿山（Ba Na Hills），在街邊吃椰子和河粉，越過會安（Hoi An）的一排排彩綢面燈籠，在河畔放水燈許下願望。

「去游水吧！」你又一次走到美溪沙灘（My Khe Beach），説喜歡那裡的蔚藍海水。又記得我們在占婆島（Cham Island）浮潛後遇上壞天氣，結果晚上滯留荒島，但你表現鎮定，還跟當地人爬過岩石，氣力比我還要好，大概是平日行山有功吧！

曾聽説過很多與父母外遊的爭執事件，但從沒發生過在我們身上，我真的很慶幸，你一直都順得人意，去哪裡都沒所謂，吃貴的便宜的一樣開心，又樂於嘗試新事物。

第三年我們到加拿大（Canada）自駕遊，小心地駛過積了厚雪的公路，到班夫國家公園（Banff

National Park）看冰湖，遠眺洛磯山脈（Rocky Mountains）的美景。「屋頂上的雪真美！大自然像在『批灰』一樣，一層層的，批得多完美！」你會用你職場上碰到的術語去描述景色，又會跑到樹下頑皮地搖晃樹幹，散下碎雪。其實那次旅行計劃得不好，有點趕路，但你也沒有怨言，還說沒有我的話不知怎麼跟當地人溝通。

你知道嗎？我受寵若驚，從前家裡的電器與家具有甚麼疑難雜症，你只要打開爐頭下的百寶工具箱，就能把它們搞定。在我心目中，你根本就是個超人，但還好吧，今次終於換我幫你。

第四年，因為有次聽到你跟別人聊天，他們談起歐洲旅行時你答不上腔，所以就決定帶你去西班牙。那時我正在長途旅行，飛了過去跟你會合，看到你買了很多裝備，還帶備了「成副身家」，我笑你誇張，歐洲其實沒你想像中那麼貴。

我們在巴塞隆拿（Barcelona）參觀了無數的建築群，經過大街時你喊停我：「你看這個年輕乞丐，跟前放了四個杯，寫甚麼？」乍看它們寫著「食物」、「啤酒」、「毒品」和「娛樂」，我們都驚訝他竟討錢也如此有霸氣。是的，你總能看到我沒留意到的獨特風光。

後來你感謝我帶你來旅遊，那不是應該的嗎？從小到大，你犧牲了多少個機會來換來我們的機會？那為甚麼到我們長大了，有了工作，卻不能給你一點機會呢？

第五年，我還在路上，約定了飛到美國跟你碰面，住在男友的妹妹的房子裡，遠離市區的繁囂，參與他們的家庭聚餐，感受濃厚的節日氣氛。在平安夜的晚上，他們送給我們聖誕驚喜，你抱著一堆禮物，說「多久沒收過聖誕禮物了……」你一臉感動，我想了想，我們又真的沒怎樣慶祝過節日，以後我們定要一起度過更多的節慶。

記得你在滑雪場的時候，痛風症又發作，腳掌腫痛，連鞋子也穿不上。我看著你步履維艱的影子，發現你的身體沒以前的壯健，出門時常帶備很多藥物，飲食亦變得特別小心，以免因吃錯食物誘發病痛。

有人說帶父母去旅行「來日方長」，這個世界沒有「來日方長」，因為「來日」這兩個字你根本無法掌握，為何就不能把握這一秒，趁著大家都健康，好好出走一趟？

你由以前吃飯時的沉默寡言，到現在變得話多了，有時你會講上班的事情，或談談旅遊，我很喜歡這個改變。

我沒有哥哥般聰明能賺錢，也沒有弟弟的細心會哄人，還任性地花盡幾年來的工作積蓄到處走，但你沒說過半句反對的話，因為你知道那是我的熱情，是我一直堅持著的夢想。

之後的日子，我會安定下來，再努力一點，你也要身體健康，我們要一起創造更多故事。明明你就喜歡説故事，要不我們再穿州過省，多走幾個國家，你就再多講一點，我會一直聽。

爸，這些年來，也許有些話沒説出口，有些問題懸掛心中，但我想你知道，你的快樂尤其重要。無論昨天、今天或明天，你的一切決定，我都會支持，就如你一直以來支持我一樣。

讓我們繼續闖蕩世界吧！不見不散！

## 3.2 / 陌生人的善意

//我坐下來，他和家人手忙腳亂地弄東弄西，從廚房端出一鍋淡黃色的湯，說「這是用傳統老配方煮成的湯藥」。他的媽媽舀了一碗給我，我把它喝完，它似湯又似粥，口感怪怪的，但清甜不膩，滿潤喉的。他們為我開了窗，讓我休息了一會。//

我在玻利維亞的「天空之鏡」——烏尤尼鹽湖（Salar de Uyuni）看見最綺麗的晚空，宇宙銀河倒映在水面上，綻放的星星彷彿隨手可摘下，直到黎明前淡出蒼穹，換來綽約多姿的晨曦初照。

傍晚我回到烏尤尼（Uyuni）的巴士站附近，吃了幾口最容易買到的薯條飯後，便跳上一輛夜巴前往拉巴斯（La Paz）。

在車上我輾轉反側，終於找到一個較舒服的姿勢，身體卻開始忽冷忽熱起來。抓緊棉毯，好不容易進入夢鄉，卻又多次被作嘔的感覺搖醒。是高山反應嗎？明明早已吃了高山藥，還是因為巴士太顛簸，或是薯條飯出了問題？想吐又吐不出來的狀態維持了一段時間，最終我也只能吐出一點點飯水。

清晨，到達車站後，我沒理會坐在廁所門口追收我錢的嬸嬸，一口氣直奔馬桶嘔吐。一番掙扎後，才軟弱無力地走出來，掏出五毛錢給那個嬸嬸。

又上了一班前往秘魯普諾（Puno）的巴士，坐下來沒多久就感覺自己在發燒，車窗不透半點風進來，我將身上可以脱的衣物都脱了，還是汗流遍體。旁邊沒有人，我躺了下來，蜷縮著身體，可能太累了，很快便昏睡過去。後來有人拍醒我，我揉揉眼睛，只見乘客陸續下車。

「是廁所位嗎？」我盯著那浮浮沉沉的車內頂説，覺得腦袋快要被撕開。

「不，是過關呢！」不知是哪位好心人回應我這個沒禮貌的女生，竟躺著跟人説話。

好不情願地下車，呼嚕、呼嚕，我大口大口地呼吸著，空氣變得好寶貴。當知道要拿走所有行李過關時，我簡直覺得那是個不可能的任務。我拖著一大一小的背包，如囚犯纏著沉重的腳鐐，帶著頹喪的表情走往刑場。平日登山可以一天走十幾個小時的我，要走跟前短短兩分鐘的過境路程，卻彷彿花光了一輩子的力氣。

那種虛弱是前所未有的，我感覺自己的靈魂好像要脱體了，眼前現光暈，意識快要忘失於天際。關員跑出來幫我拿背包，巴士職員扶著我走，直至完成過關程序，我回到車上倒頭就睡。

離開那架悶熱的巴士後，我看到一位旅舍職員舉著名牌迎接我，「你還好嗎？」他看著精神不振的我問，「不太好呢……」我依然氣喘吁吁。如實告之我的身體狀況後，他找了一位路人幫忙，他們合力將我和背包安置到車上，先送我去他的府上，他一邊嚷著：「沒事、沒事，不是甚麼大問題。」說著說著便到達了他住的村子，進入了一間房屋。

我坐下來，他和家人手忙腳亂地弄東弄西，從廚房端出一鍋淡黃色的湯，說「這是用傳統老配方煮成的湯藥」。他的媽媽舀了一碗給我，我把它喝完，它似湯又似粥，口感怪怪的，但清甜不膩，滿潤喉的。他們為我開了窗，讓我休息了一會。

神奇的是，大半個小時後，我感覺精神慢慢恢復過來，可以站直走路不氣喘，連頭痛都漸漸消退，猶如重生一樣。我再次來回行走，掐掐自己的手，證實我真的好了起來，不是在做夢。

「是甚麼來的？」我好奇地問他，他笑而不語。這個耐人尋味的反應，令我想起秘魯本來就有名於古老的巫術，幻想湯裡面會不會放了甚麼古怪的材料，腦海裡播放著卡通片裡女巫烹煮魔藥的場景。

他的媽媽英語不靈，過來拍拍我肩膀，把其餘的湯藥分別倒進幾個保溫瓶裡，遞了給我。我逐一接下來，忽然想到我不過是個過路人，他們卻毫不計較地扶我一把，想著想著眼角就不禁掉下眼淚。不是因為經歷了這兩天的煎熬，而是因為捧在手裡的湯藥的溫度。他們看著我莞爾而笑，在恍惚中我看到了一個個墜落凡塵的天使。

我們常會遇上困難和不如意的事情，生活本身並不完美，能讓生活變得如詩如畫的，從來是人。

「總之，沒事就好了。」（Anyways, as long as you're all right.）他回答了我，淡淡地說了這一句話。

是似曾相識的一句話。

在印尼小島摔傷時送上藥物的德國學生們、在日本工作發生單車意外時送我到醫院的宿主、在泰國被嘟嘟車司機半路拋下後帶我找到青旅的油站叔叔、在緬甸（Myanmar）當我快趕不上飛機時堅持掏錢幫我叫車的村民，都總在我道謝過後跟我說類似的話，當中蘊涵著一份放心、一種關懷，彷彿帶有「施恩不望報」的精神。

「沒事就好了」，大概是我從陌生人的口中，聽過最溫柔的善意。

# 3.3 ／ 最深情的愛語

//「在患難時不能保護她們，就是我的錯失，」B看著妻子說，「如果陪伴不到她，我賺再多的錢給她也無補於事，她會記得我曾經缺席了她的人生。」//

我和幾個德國朋友從龐越（Probolinggo）坐火車到外南夢，住在一間清新的民宿裡，房間用竹枝搭成，外面放了幾張舒適的豆沙椅，樹上掛滿了彩燈。我們早上在樹蔭下乘涼，下午在鞦韆上看書。試過拿長竿瞄準樹上的芒果，大力一勾，它就「咚」一聲清脆落地。有時民宿的負責人會駕駛七人車帶我們遊山玩水，餓了就到街上點個炒麵喝杯果汁，生活簡單又自在。

民宿負責人B是當地人，可能因為那渾圓的臉頰和洪亮的笑聲，有種老闆的氣勢，所以人人都叫他做「老闆」。但其實幕後有一位來自澳洲的真正大老闆，將這間民宿交託給他管理，大老闆本人則每年只會來民宿巡視一兩次。B的上一份工作在雅加達（Jakarta）上班，家人卻一直住在外南夢，最後他放棄了那邊較高的工資，回到外南夢找工作，遇到大老闆，得到他的信任，准許B與家人同住在這裡，工作一做就做了十個年頭，他笑言肚腩也大了一整個圈。

每次出門歸來，我都聽見B第一時間大叫「Darling my love」，大大力擁抱著妻子，再親吻孩子。

「以前我總想多賺一點錢，但現在再沒有這樣想了，我說過要珍惜與家人相處的時間，他們是我的寶貝，甚麼都不能取代。」B望著正在騎單車的兩個女兒說。

這份浪漫的承諾，是源於以前的工作，跟妻兒聚少離多。有一段時間，妻子生病了，有天在他出門時，妻子說了一句：「別走，我們需要你。」最後他決定辭職，專心照顧她，等她的病情好轉了，才開始現在的工作。

有人覺得愛與物質掛鉤，金錢價值愈大，就代表愈愛，如送伴侶一層樓、一頓燭光晚餐、九百九十九朵玫瑰花，或事業有成，擁有令人羨慕的職銜與薪水，讓對方生活無憂。

其實，愛更能體驗於生活的細節裡。在你傷心難過時，身邊有沒有一個肩膀讓你依靠；在你覺得走不下去的一剎那，有沒有人扶持著你；再難走的路，是否也有人無怨無悔地陪你走過。

「在患難時不能保護她們，就是我的錯失，」B看著妻子說，「如果不能陪伴她，我賺再多的錢給她也無補於事，她會記得我曾經缺席了她的人生。」

伴侶一詞，「伴」字很重要，一起扶持，在磕磕絆絆的人生中陪伴著彼此，才是關鍵。真正細膩的愛情，是由他參與你的人生開始，就願意承擔你的喜怒哀樂，不讓你獨自面對逆境與黑暗，會花時間聆聽你的心事，察覺到你那微不足道的夢想，陪著你走接下來的路。

比起「我愛你」，更深情的愛語是——

「我會一直陪著你」。

# 3.4／嫁給那個能讓你變得更好的人

//這段綿延的愛情，到底經歷了多少同甘共苦、相互扶攜的時光，才沉澱出這幾句相愛的智慧？//

在土耳其的卡帕多奇亞（Cappadocia）參與了當地團，一行十多人中，就有三對新婚的夫婦來度蜜月。這裡的確很適合跟伴侶前來，手牽手看著百多顆色彩斑斕的熱氣球緩緩升上半空，或靜待夕陽照遍每一座奇特的岩石，定是個動人心魄的浪漫回憶。

導遊帶領眾人走上修道院的遺址，地勢有點陡峭，旁邊的一對老夫婦慢慢前行，丈夫握著妻子的手，以免她因沙地軟滑而摔倒。大風霎時捲起沙塵，他背向風起的方向，用身體擋住妻子，而她亦不經意地在丈夫的懷裡依偎了一下。

我們其後沿著木棧梯級走到厄赫拉熱峽谷（Ihlara Valley）的底處，參觀了一所洞穴教堂。出來的時候，妻子從袋裡拿出一頂帽子，幫丈夫重新戴好，又取出一把扇子，一起取涼，但刻意放近丈夫一點來搧風。

午飯的時間，老夫婦坐在我的對面，丈夫點了兩杯紅茶，隨手夾起了一粒方糖，放在其中一杯茶裡，用茶匙稍微攪拌，溫柔地遞給妻子。

交談後才知道，老夫婦來自美國加州（California），跟幾個已婚的子女一起來旅遊。他們剛慶祝完四十周年的結婚紀念日，此行已踏足了歐洲的幾個國家，而最後一站是土耳其。

一路上他們都表現恩愛，比起同團的新婚夫婦更羡煞旁人。回程時，我坐在他們的前面，大家又聊天起來。觀察了他們一整天的舉動，我心中有個疑問，終於在這個時候說了出口：

「你們成功維持婚姻的秘訣是甚麼?」（What is the secret to the success of your marriage?）

他們笑了笑說：「你總會問好的問題。」（You always ask good questions.）

妻子沉默半晌後先開口：「嫁給你最好的朋友。」（Marry your best friend.）

「嫁給那個能讓你變得更好的人。」（Marry the one who makes you a better person.）

「嫁給那個可以和你一起成長的人。」（Marry the one you can grow up with.）

丈夫延續了妻子的話，含情脈脈地望著她說：「永遠愛她，尊重她和陪伴她……」（Always love, respect and spend time with her...）

妻子報以一個愛慕的眼神，輕輕甜笑，不帶半點矯揉造作。

這一幕令人不禁去想，到底他們結了婚四十年，還是剛談了戀愛四十天？

這段綿延的愛情，到底經歷了多少同甘共苦、相互扶攜的時光，才沉澱出這幾句相愛的智慧？沒了年青人的激情，卻多了一份淡淡的溫馨，煙花雖過但愛情依然璀璨，我們一生尋尋覓覓，最終不就是想等到這樣的一個人嗎？

這樣的婚姻真美好。

也許有一天，你的他也會願意，陪你去看細水長流。

## 3.5／異鄉的母親

// 長久以來，我都在想「家」是怎樣的一個概念。我會說，家是一個讓人安心立命的地方，但比起「安身」，我更重於「立命」，它是一個有情所依，讓靈魂安放的地方，突破了語言、地域、宗教和種族等界限。//

朝晨，清真寺那炫彩的窗花透入了一間間陽光，將我捲入一個萬花筒的世界，回憶的色彩灑落在石柱之間，我記起了那末代皇宮裡的水晶燈、歷史遺蹟上的精巧浮雕、廣闊沙漠中的乾草，還有小島上的那個水上派對。

夜闌時，拐入巷弄，有人高歌對唱，也有人在擺賣各種瓷器和香料。遠方傳來桑圖爾琴（註）的「叮咚」聲，純淨如清泉，隨著水煙的煙圈纏繚在波斯建築上的幾何圖形，與數千年的古文明氣息，一同夾雜在花磚縫隙之間。

避開大浴場前的嘈吵，與沙發主A的媽媽走進祈禱室，穹頂和牆壁都鑲嵌了密集的鏡子，分割出好幾個自己。我唸著詩詞集，她跪下默禱，罩袍下只看見她那兩扇長長的睫毛，被塗上了一道綠光。禱告完畢後，她幫我梳理劉海，掛好頭巾，提醒我小心著涼。

踏入家門，「現在可以把頭巾脱下來了。」A媽媽和藹地説，她會説一點英語，都是從沙發客身上學到的。

回家，對伊朗女人來説是一場解放。她脱下黑色的罩袍，換上吊帶背心和睡褲，顯見稜角分明的臉龐和豐腴的身型。

我初次拜訪，她雀躍不已，給我煮了藏紅花米飯。八時吃完晚餐，她帶我去見鄰居一號，漫無邊際地閒談一輪，大媽們都喜歡問我，結婚了沒有？在讀書還是上班？爸爸是做甚麼的？我都伶牙俐齒地一一回答。「那媽媽呢？」面前的幾對瞳孔轉呀轉，看著我支吾以對。

十時半再被款待晚餐，戴好頭巾起行去鄰居二號，主人家同樣好客地端出食物，我禮貌地吃了一點，然後又馬拉松式的趕去鄰居三號，再吃一頓。那時已凌晨一時了，我捧著圓肚子，睡意襲來，驚嘆她們怎麼可以午夜還在吃飯，翌日卻能一早起床，身體到底是甚麼構造的呢？

感受過一村人的熱情招待後，便回到沙發主家裡的房間，A媽媽已為我準備好床鋪，「希望你一夜甜睡。」順手幫我蓋上棉被。

她對我總是照顧有加，把我寵得像小孩一樣。待在這裡的日子，如果沒外出，我幾乎每天開眼就閒著半躺在波斯地毯上，A在旁邊吞雲吐霧，他的爸爸在沙發上以糖啜茶，大家一起盯著那齣老套的愛情喜劇，A媽媽總為我們準備好一天五餐——大米飯、大餅加蜜棗、小青瓜，水果和自家製的乳酪等。我們的肚子，好像從沒一刻是空著的。

伊朗人向來熱情，在他們的客套文化（Taarof）下，如果你不想白吃白住的話，要加點恆心才可把錢或禮物塞到他們的口袋裡，我也經過多番嘗試才能令A媽媽收下我送的東西。

「我本來是買給女兒的，她在德黑蘭讀書，但配在你身上看起來不錯。」豈料她回禮，送了一條紫色的絲巾給我。沙發主說其實在第一天認識我的時候，她就去市集買了，說因為我戴著的頭巾太厚，難以散熱。我向她道謝，不打算把那個善意的謊言拆穿。

有時她會在家中播放舞曲，我們就隨旋律起舞。伊朗人的跳舞天分混在血液裡，看她扭腰擺臂，婀娜多姿，舞得興起時，竟突然脱褲子露出半個屁股，再調皮地吐舌頭，我噗嗤一笑，驚喜得尖叫。誰說伊朗女人就一定很保守？事實上我見過不少伊朗大媽都玩得很開放，甚至聽到你覺得會「踩界」的笑話時，她們笑得比你還要大聲。

她有空會陪我去逛景點，或帶我參與家庭聚會和慶典活動，不然就留在家中。每次我回去，都會期待聽見門後那一把熟悉的聲線，知道她會欣喜地開門迎接我。

我走的時候剛好是母親節，我不會忘記，那天窗外愁雲漠漠，A媽媽走過來擁抱著我，在紙上寫下「لگ سرخ و دیفس و اغوانازی، فراموشن نکن تا میوتاونی.」，是一首送給我的詩，大意是「我們愛你，不要忘記我們」，再用斷斷續續的英語説：

「你要哪天來，哪天起我就是你異鄉的母親。」

我一時語塞，然後哭紅了眼。

長久以來，我都在想「家」是怎樣的一個概念。我會説，家是一個讓人安心立命的地方，但比起「安身」，我更重於「立命」，它是一個有情所依，讓靈魂安放的地方，突破了語言、地域、宗教和種族等界限。

從此在伊朗這個國度，令我魂牽夢縈的，不再是其古波斯文化，而是那個在廚房用心做飯的背影——

我的伊朗媽媽。

---

註：桑圖爾琴（Santur）是一種古老的波斯擊弦梯形樂器，傳統的琴有七十二條根弦。

## 3.6／一起走過烽火地的朋友

//乍看之下，他用的是藍光螢幕的懷舊手機，能玩經典「貪吃蛇」的那種，我笑言「你跑到了甚麼年代？」「我從沒有買過一部智能電話，因為我很怕大夥人難得在聚會，每個人卻只對著手機。」他回答說。//

阿布哈茲與格魯吉亞的邊境只有一橋之隔，我與剛認識的瑞士男生S卻足足花了六個小時通過其兩個關口。

格魯吉亞認為阿布哈茲是他們的領土，阿布哈茲卻說自己是獨立的國家，進入阿布哈茲前要先在網上申請一封認證函，憑它入境後再前往外交部辦理簽證。兩方的邊境檢查需時都很久，在阿布哈茲的關口裡，軍人除了搜查行李外，還提出了一連串的問題，包括「你喜歡格魯吉亞嗎？」這種看似是隨口一問但實質是不容有失的測試。

「願意接受我的挑戰嗎？」S問。

「甚麼挑戰？」我盯著他的金色「Man Bun」髮型，還有背包上勾著的茶壺。

「我們不坐小巴、不看電話裡的地圖，一直攔便車到首都蘇呼米（Sukhumi），不花費一分錢。」

他從瑞士來到這裡，大部分時間都搭便車。

「我才不怕你呢，又不是第一次。」我爽快地收下這封「戰書」。

他等我完成檢查後，我們一起到公路舉起大拇指，不出十五分鐘，已有三輛車停下。首兩輛車因不順路而禮貌地拒絕了，第三輛是貨車，「Sukhumi？」我們問，「Gali！」司機老伯做了個手勢，大概是說可以載我們到中途站加利（Gali）。我們點頭，坐在後座的太太為我們打開車門。

貨車慢駛，經過一座座被炮火毀掉的建築物，牆上的子彈孔還清楚可見。「Georgia！Georgia！」老伯不太會說英語，但指著已成廢墟的房子，唸出格魯吉亞的英文時卻標準而鏗鏘有力。

「是他們，他們破壞了我們的家園！」會說一點俄語的S將老伯的說話翻譯給我聽。

蘇聯瓦解後，格魯吉亞因阿布哈茲的自治權問題，與其發生磨擦，於一九九二年爆發第一次的阿布哈茲戰爭。阿布哈茲在戰勝後維持獨立狀態，俄羅斯軍隊其後以維和部隊的名義駐守在阿布哈茲。格阿兩國於一九九八年和二〇〇八年再度爆發戰事，長期的矛盾一直燃燒著兩國之間的仇恨。

「與其說是仇恨，不如說是無奈吧。我們一直只想自主與自由，就是那麼簡單的願望。」老伯的太太補充說，「格魯吉亞對我們多加施壓，令我們困境重重，單是不被承認就對我們有很大的影響。」

S連忙翻譯。

記得在全球唯一一個被一分為二的首都——尼科西亞（Nicosia）的時候，我問北塞浦路斯（Northern Cyprus）的一位朋友生活在不被承認的國家的感受時，他說：「我也不知道我介不介意，反正我未嘗過被承認的滋味，不能作比較，哈哈！」他說生活還是要繼續，即使出國和工作機會都受到限制。

我和S共截了四輛車才到達接近他預訂了民宿的地方，這時我才拿出手機，最後三公里路我們選擇步行，兩人揹著大背包汗流如水。他在樹旁停下來，摘了兩粒小野果給我，自己吃了一粒，「這樣的旅行才好玩，電話雖然很方便，卻失去了樂趣。你看以前的旅人，都只靠一張紙地圖走天下。」

「啊對了，為何你會想來這個國家呢？」他問。

「因為我想了解不被承認的國家的人民生活，也想去參觀已廢置了的議會大樓和車站，還有聽說這裡的海灘能看到螢火蟲，又知道市區有個研究實驗所，傳聞說是當年蘇聯的科學家試圖把猩猩和人類結合的地方，他們曾經想製造一隻超級生物！我都很想去看看！」

「聽起來很有趣！不如黃昏我們到海灘玩，明早再去研究實驗所！」S說，他明天下午就要走了。

「好的！那麼我應該怎樣聯絡你？」我們訂了不同的民宿。

「這個……我也不知道。我的手機沒法下載應用程式，而我也沒有用任何社交平台。」

乍看之下，他用的是藍光螢幕的懷舊手機，能玩經典「貪吃蛇」的那種，我笑言「你跑到了甚麼年代？」

「我從沒有買過一部智能電話，因為我很怕大夥人難得在聚會，每個人卻只對著手機。」他回答說。

我們到達了他的民宿，「不如我陪你去你訂了的民宿？」S看著我說。

「不用吧！應該不難走，我自己能搞得定。」我自信地說。

於是，我們約定了黃昏時間在海灘見面。

「就算真的失散，至少我們不會淪為對方電話裡的一個號碼。」他說，我大概明白他的意思。

分別後，我多番嘗試找車去我的民宿，但一點也不容易，街上沒有標示車站在哪裡，也找不到一個會說英語的人。我指手劃腳加上電話翻譯，問了好幾個人，他們教我怎樣轉車，將幾個地方名和車費寫在紙上，我把紙展示給每一位司機看。

可是每次坐車我都回到同一個車站，像一場無限輪迴，明明在手機的地圖看到自己跟目的地拉近了，下一輛巴士卻把距離愈拉愈遠。而基於我「一個人的時候不坐便車」的原則，我就一直只坐巴士和走路。最後用了數個小時，才到達民宿，那時天已黑了。

我沒法在原定時間跟S會合，也無法向他告知我的情況。

第二天我嘗試過去他的民宿，過程同樣有阻滯，後來我直接去那個研究實驗所，看看會不會碰上他，但也沒有找到他的足跡。

那就像原始的人一個分別，然後就沒有然後。
又如這個國度，未能在大部分人的記憶中找到。

但我永遠會記得，那天在燠熱的沙土上，那位跟我一起走過烽火地的朋友。

## 3.7 / 大家庭的支柱

//「三年前，我們經歷了最難熬的時光。阿塞拜疆與我們爆發了衝突，這一區大部分的男士都被召入軍隊，抗爭了四天，而爸爸和哥哥都不例外，那是家中每一個人的生命中最漫長的四天。」S忐忑地說。//

在山路旁的小磚屋前下車，關員要我填寫一些簡單的資料。十分鐘後，我拿到了阿爾扎赫（又名「納戈爾諾・卡拉巴赫」〔Nagorno-Karabakh〕，簡稱納卡）的彩色簽證，心想這個不被承認的國家到底怎樣運作，國際認為它是阿塞拜疆（Azerbaijan）的一部分，但卻只能從亞美尼亞入境，三國之間的關係千絲萬縷、愛恨交纏，卻又因此充滿著神秘色彩。

車繼續開行至納卡的首都斯捷潘納克特（Stepanakert），由於我在訂房網站搜索不到這個國家，下車後我穿過公寓，在一條條懸在半空的長晾衣繩下走過，找到了一位軍人幫忙。我跟著他來到一間民宿，一位慈祥的婆婆帶我參觀房間，還好客地為我準備晚餐，讓我在這個陌生的國家中找到了一份安全感。

我就在這裡認識了間中來做兼職的女生S，她穿著黑色皮外套，擁有具個性的短曲髮，性格率直又帶點狂野。我們一起去看爺爺嫲嫲雕像山（We Are Our Mountains），也許因為聊得投契，她隔天邀請我到她的家留宿，由原本的一天變成最後留了好幾天。

「你要有心理準備，我家有很多人呢！」一開門，S的媽媽親切地向我問好，接著一個個好奇的臉孔探出來，我沿著露台走，跑出來的孩子愈來愈多。原來S有九兄弟姊妹，她排行第三，哥哥婚後有三個小孩，大姐也生了兩個，同住在這間屋裡。大家都圍著我問問題，大概是因為來這個國家的遊客本來就不多，而亞洲面孔的女生就更鳳毛麟角。

「媽媽好喜歡小朋友，從二十一歲就開始生孩子，現在才五十五歲，已兒孫滿堂。」S的媽媽在廚房做麵包，其後出門去接其中一個孩子放學。

翌日，S不帶我去傳統的景點，反而去了舒沙（Shushi）裡滿目瘡痍的廢墟探險，登上被戰火摧殘的清真寺的尖塔。她又帶我去觀賞峽谷，沿途買了一個味道震撼的芫荽餡餅給我，傍晚我跟她去酒吧參與其同學聚會。

「媽媽總是擔心我的安危，即使現在我成年了，試過跟朋友飲聚沒通知她，凌晨回家時發現她坐在客廳，徹夜未眠的等我回來，甚至擔心得哭了起來。」S說她的爸爸長時間在外工作，所以打理家庭的任務就交了給媽媽。所謂「養兒一百歲，長憂九十九」，更何況要照顧一個大家庭，需憂心的事情自然不會少。

「三年前，我們經歷了最難熬的時光。阿塞拜疆與我們發生了衝突，這一區大部分的男士都被召入軍隊，抗爭了四天，而爸爸和哥哥都不例外，那是家中每一個人的生命中最漫長的四天。」S忐忑地說。

「其實我們知道最擔心的就是媽媽，而平時最感性的她，那幾天變得特別冷靜，也如常地掛著笑容，跟我們一起吃飯和看電視。我們都知道，她在盡力紓緩緊張的氣氛，讓我們感到安心。最後兩國暫時停火，爸爸和哥哥平安回來，我們一家人擁在一起哭了很久。」

亞美尼亞與阿塞拜疆長年因爭奪納卡的問題而衝突不斷，而住在納卡的大多數是亞美尼亞人，他們都不想獨立，無奈明明跟亞美尼亞是同一個國家卻因《國際法》等種種因素而被迫分開。事實上它們在語言、貨幣和文化上都是共通的，就連國旗都很相似，只是納卡的國旗多了一條白色的三角條紋，聽說是象徵從亞美尼亞中分裂出來，又有終能合併的寄望。

「雖然現在的形勢普遍來說是安全的，但我們隨時準備好戰爭。」S說。「媽媽說，這種不穩定的狀態最令她擔憂，她經常到教堂禱告，祈求一家人能齊齊整整。」

「我也不知道該如何去報答她的愛，也許我們平安、健康和快樂地成長，就是送給她最好的禮物。」S媽媽正在採摘花園裡的草莓，回頭對著我們眉開眼笑。

作為一個大家庭的支柱，要度過多少個含辛茹苦的歲月，才把多個孩子養育成人。她默默地為每位家庭成員打造一個避風塘，以無言的愛去支撐著他們的任性與軟弱，讓他們身心泊岸。

外面風大雨大，也不怕，路走累了，便回家。

# 3.8 / 博茨瓦納的獨居少女

//「我是一個孤兒，獨自生活了好幾年了。」我揪心地看著眼前才二十出頭的她，生活如此匱乏也跟別人分享所有，在大城市裡有多少人物資多得氾濫卻對有需要的人處處吝嗇，可見人性的高貴，從不取決於口袋的深度。//

魔鬼池（Devil's Pool）裡有小魚間中過來咬我的腿，我站起來走到岩石上，從維多利亞瀑布（Victoria Falls）的頂端俯瞰，下面是大峽谷，兩條彩虹從淡淡的霧氣中冒出，身旁的水流奔騰直下，這個堪稱為全世界最驚險的泳池，果然不是浪得虛名。

身還未乾透就坐車進入博茨瓦納，去了一轉喬貝國家公園（Chobe National Park）觀看野生動物，再到附近露營。翌日下午原本打算坐計程車到關口，再想辦法走到納米比亞（Namibia）的邊境城市，但考慮到納米比亞的關口快要關閉，坐在計程車上的我刹那改變了主意：「還是返回卡薩內（Kasane），待一個晚上後再作打算。」

沒想過這個城市的住宿那麼昂貴，跟一間民宿的前台小姐議價，但似乎也便宜不了多少。正當我想離開的時候，「如果不介意，今晚就住在我家吧！」前台小姐 K 似乎看穿了我的心事，「趁老闆不在，你先在這裡洗個澡吧，我家沒有廁所和浴室的。」緣分就是這樣讓我倆相遇。

等她下班後，我們穿過暗淡的村莊和灰塵瀰漫的街道，依稀可見車影閃過眼前，還有那些我以為只在《獅子王》（The Lion King）裡才會看到的疣豬（Warthog）在四周遊晃，難以想像她每晚都要獨自穿過這種詭異的地方歸家。

她帶我走進一間簡陋的鐵皮屋，牆上貼滿了她和男友的甜蜜合照，還有用英語寫的幾封情信。在狹隘的空間裡除了床、電視機和煮食爐之外，就只有家徒四壁。

在家裡她習慣性地把衣服脫光，這舉動在非洲是那麼的原始自然，不帶半點色情。我把在超市買來的熟食分了一半給她，她亦把隔夜飯菜端到我的碟子裡。「我是一個孤兒，獨自生活了好幾年了。」我揪心地看著眼前才二十出頭的她，生活如此匱乏也跟別人分享所有，在大城市裡有多少人物資多得氾濫卻對有需要的人處處吝嗇，可見人性的高貴，從不取決於口袋的深度。

K 的父母在她很小的時候過身，而照顧她和兩妹一弟的外婆也在她八歲那年離世。現在弟妹住在鄉下親戚的家中，而她就獨自在這裡賺錢養家。

「他們雖然走了，卻遺下很多愛。」

她翻看我在國家公園裡拍下的照片，「你看這頭大象，在河畔倒下了，鳥在吃他的肉，我們會為大象感到悲哀嗎？小象也許會傷心，但終會明白生命是一個循環，大象生前享受過在廣闊草原的生活，與家人共聚，日子不枉過。每次我去親近大自然，都有一種釋懷的感覺。」

她與男朋友相戀四年，情書上的每一隻字，連旁人都能感受到那份滿滿的愛意。「之前在關係上遇過很多的欺騙，現在難得找到靈魂伴侶，我希望能跟他結婚生孩子，牽手到老。」她每次提到男朋友都會甜絲絲地笑，「有愛的人，有一份一直想做的工作，老闆又很疼惜我，我是個幸福的人。」

想起了一句話——「When you enter this world knowing you're loved and you leave this world knowing the same, then everything that happens in between can be dealt with.」

生死有時，無人能避免。但K教識了我，人生在世，能被愛和做到喜歡的事情，繼而讓愛延續，即使有天到達生命盡頭的渡口，也能走得豁然。

# 3.9 / 獨一無二的國旗

//「我們的友誼會是一輩子的，對嗎？」這份兩小無猜的單純，令我想起兒時在紀念冊寫下「友誼永固」的日子。人大了，也沒多少人真的能貫徹實行這個想法。但經過在索馬利蘭生活的這段日子，人們的善良與重情義，令我對這個期許充滿著信心。//

「一千美元一隻駱駝！要不？」眾多攤販在駱駝市場裡叫嚷著，駱駝一隻跟一隻地走上貨車，另一邊的牛和羊被分為每十隻左右一排，牠們身上都畫有獨特的標記。我纏好頭巾往前走，在這個戰後帶點荒涼的都市中，還能看到當年空軍大規模轟炸的痕跡。

一班男人在沙地上橫排坐著，把一捆捆鈔票毫無遮掩地售賣；戴綠色頭巾的小女生從校門探頭窺探，害羞地對我一笑；坐在露天茶座的伯伯叫侍應生過去，點了一杯巧茶請坐在對面的我喝；文化中心的職員請我務必要去參觀那千年岩石壁畫，說是他們最珍貴的文化產物。

一九九一年索馬利亞（Somalia）發生內戰，分裂出不同的政權，當中索馬利亞北部的部落聯合起來成立了索馬利蘭共和國，終從索馬利亞中獨立出來，可卻成為了一個不被世界大部分地方承認的國度。

我從埃塞俄比亞東面轉了數程車才來到邊境，在酷熱的天氣下帶著行李到處找車，頗為狼狽。

一路上都有埃塞人跟我說這個地方很危險，我可沒碰上危險，只遇到我見過最友善的人民。在首都哈爾格薩（Hargeisa）的大街小巷裡，幾乎每個人都會跟你熱情地打招呼和聊天，也有司機免費載我和其他當地人一程，有的甚至會特意把車停下來，只為問我今天過得好不好。

我一向有收集一些特別國家的手搖小國旗的習慣，但在這裡找了兩天也找不到，自己又不想走太遠，因為索馬利蘭政府規定，所有旅客必須有持槍保鑣同行方可離開首都範圍。入夜前我走入一間餐廳，碰上正在跟朋友吃晚飯的當地大學生Z，閒聊下得知我想買國旗，他在飯後陪我到市集尋找，但走到腳都瘦了，也始終找不到。

「你明天還會在這裡嗎？」他問我。

「會的。」

「放心吧！明天我會想辦法找到國旗給你，到時候再電話聯絡你！」

我以為 Z 只是隨口一說，豈料隔天黃昏他真的致電給我，說已準備好國旗，會親自送到我住的旅館。我倒想知道在這個連紀念品店都沒有的國度裡，他是從哪裡幫我找到國旗的。

「真不好意思，請再等我一下，我還需要點時間。」在電話旁邊的他語帶焦急，像是忙甚麼似的。

半個小時候後，他再致電給我說：「請再等一等。」

再過十五分鐘，他的車終出現在旅館門外。

他打開背包，慢慢地拉出一塊差不多有我的高度和我兩倍闊度的巨型國旗，我驚喜地大叫：「哇！」

細心看，這支國旗是用綠、白、紅三種顏色的棉布縫合而成，側面還加了一行金色的流蘇，旁邊有一條幼繩方便掛起旗子。而最大的亮點則是中間的那粒星星，是他親手用麥克筆畫上的。

原來，他折騰了半天，去挑選棉布、找材料、物色裁縫師傅，為的就是親自去製作一面國旗給我！這就是他口中的「辦法」！我盯著其東歪西倒的縫線和那顆充滿童真的小星星，一股暖流頓時湧上心頭。

我大概忘了對上一次親手選材製作禮物送給別人是甚麼時候，只知道那份心意最令人動容，更何況我跟Z只有一面之緣，他竟會因為我找不到國旗而做那麼多事情。如果禮物有分量之分，那肯定是我在旅途中收過最貴重的一份禮物。

「為甚麼你要這樣做？」我還處於驚訝的情緒。

「因為我不想讓你失望，我想看到你拿著國旗高興地走著的樣子。」他笑著說。

很多索馬利蘭人就是這樣，不為甚麼，就一顆赤子之心想去幫你。他說那是送給我的小小禮物，也希望這面旗會讓我記得索馬利蘭，也告訴我家鄉的人這是一個怎樣的地方。

臨走前收到Z的訊息。

「我們的友誼會是一輩子的，對嗎？」這份兩小無猜的單純，令我想起兒時在紀念冊寫下「友誼永固」的日子。人大了，也沒多少人真的能貫徹實行這個想法。但經過在索馬利蘭生活的這段日子，人們的善良與重情義，令我對這個期許充滿著信心。

「對，我會像對待這支旗子一樣，把這份友誼珍而重之的保存著。」

再見了，索馬利蘭。

# 3.10 ／ 緣愛的季節

//愛從來都是一個決定，不是因為有了關係所以去愛，而是決定了去愛，彼此之間就有了關係，而這段關係，是永遠不能被取代的。//

在白雪靄靄的晚上，大樹在風中搖曳不停，上面仍掛著閃亮的燈飾和繡球，聖誕老人公仔還屹立在窗邊，庭院裡依然留有節日的餘韻。我與朋友J走進一間餐廳裡，找了個近玻璃窗的位置坐下，他隨後分享了這個發生在幾天前的故事——

J像往年一樣，捧著幾份聖誕禮物前往好朋友G的家，參與聖誕派對。一踏進門口已嗅到烤火雞的陣陣香味，G的太太正在廚房準備聖誕大餐，除了火雞和牛肉等主食外，她還把沙律、乾果布丁和薑餅屋等端上餐桌。

他走到大廳，想從眾多的小朋友中找出G的孩子，他說自己最喜歡與他們聊天了。

G有五個孩子，當中的兩位哥哥是親生的，而兩位妹妹和弟弟則是領養的。

擁有一把金色曲髮的Jenny是G的其中一個領養孩子，在幾位兄弟姐妹中排行第三。J說平日她的笑聲是最響亮的，但那天卻坐在沙發上一言不發，於是J走過去逗她玩，準備說出輕鬆的開場白。

「我不是他們親生的。」Jenny率先開口說。

J嚇呆了，他表面冷靜，心裡卻很震驚，一時反應不過來。這句沉重的說話出自一位十歲小女孩的口，實在太令人心痛。

「妳是怎麼知道的？」J問。

「我跟哥哥們都很不一樣。」她一臉委屈地說。

J覺得事態緊急，馬上跟坐在餐桌前的G敘述了剛才發生的事情。

「我跟她談一談。」G說。一直以來，他都希望待Jenny長大一點後才跟她說這件事，但這一回，他覺得是時候要向女兒坦白了。

幾分鐘後，G、Jenny 和 J 坐在房間的兩張長椅上，互相對望著。

Jenny 指著兩位哥哥說：「爸，我就知道，他們才是你們親生的，而我不是。」

「對，他們是我親生的。」G 毫不隱瞞，亦不想再轉彎抹角，他知道這只會令女兒更難受。

「但是，他們來的時候就是這樣，非我能選擇。而妳，卻是我所選擇的。（With them, I didn't get to choose. They came as they are. But you, I chose you.）」G 捉著女兒的小手說。

說到這裡，Jenny 開始啜泣起來，累積已久的情緒，終於找到了抒發點。

「而這個選擇，親愛的，是我做過最正確的選擇。」G 溫柔地說，「遇上妳的那一天，是我一生中最快樂的一天。我想妳知道，這個家因有了妳而變得完整，我很感激上天把妳帶給我們。」

G 擁抱著 Jenny，她在他的懷裡破涕為笑，雙手緊緊繞著爸爸。

「我們愛妳，跟愛他們一樣，妳永遠是我獨一無二的孩子。」G 從第一次看見 Jenny 的那天開始說起，細訴領養她的過程和感受。

J說他把這一幕看在眼內，眼淚在眼眶裡滾了幾圈。他知道，G和太太雖為領養父母，但多年來一直對Jenny視如己出，要說出這個事實，其實也需要很大的勇氣。

外面負二十多度的氣溫，下著大雪，吹著冷冽的狂風，但J說出的這個故事卻溫暖得令人融化。

聖誕節，確實是一個愛的季節。與所愛的人之間有沒有血緣關係，也許已不再重要。愛從來都是一個決定，不是因為有了關係所以去愛，而是決定了去愛，彼此之間就有了關係，而這段關係，是永遠不能被取代的。

第四章

# 領悟與反思

Chapter 4

## 4.1 / 在愛裡我們無異

//看似冷血無情的男人，其實跟我們一樣，會笑會哭、有血有肉，在愛的話題上，也能滔滔不絕地編成一首詩，如果你願意聽，裡面包含複雜的情緒、細膩的感覺，和一個難以說清的故事。//

二月初，從俄羅斯的貝加爾湖回到伊爾庫次克（Irkutsk），氣墊破冰船越過如水晶般清澈的藍冰湖，冰層爆出一道道裂縫，縱橫不一地交錯著，伴隨圓圓的氣泡，一直延伸至靜謐無邊的遠方。我躺在冰面上，感受到萬物在凝固，時間也在凝固，連同我的心，也一同冰封於這片冷峻之地裡。

晚上踏上西伯利亞鐵路（Trans-Siberian Railway），伊爾庫次克至莫斯科線（Irkutsk-Moscow），我靠著弱光終於摸到所屬的三等硬臥上鋪。臥與臥之間的距離很近，上鋪的空間特別小，無法直立上身。我用了一些時間研究如何鑽入被窩，如孩子爬入小型遊戲屋裡嬉戲一樣，趣味無窮。未來的幾天，火車上的人盥洗如廁、起居飲食、喜怒哀樂，都在這個狹小的空間裡日夜上演。

我將另一張無人的床鋪摺合成餐枱，在盒裝即食麵灌入熱水，尚欠一支沙律醬。不少俄羅斯人喜歡沙律醬拌湯麵吃，有次我嚐了一口，由難以置信變成難以抗拒。我與L和K的對話，就是從向他們借沙律醬開始。他們同是軍人，在俄羅斯，除非有疾病或出國留學等特別原因，否則一般男性都需要服兵役，但其實有不少人會付錢買一個學生身分或偽造病歷證明以逃過兵役。

「我們是自願加入的，如果沒有人參與，就沒人保護家園了。」他們現時已把其當成職業。

他們知道我和另一位韓國女生來獨遊，因而教我們基本的自衛術。「要先學會保護自己，才有能力保護別人。」他們認真地示範當遇上攻擊時，應如何擋開和掙脱，又教會我們一些拳擊技巧，既實用又好玩。我們反覆練習，把招式牢記，那幾天就連發夢也夢見自己在揮拳呢！

他們不太會説英語，大家靠著手語和手機翻譯溝通，慢慢就能捉摸到對方的意思。我們每天一起聊天、看電影、練拳，時常沒頭沒腦的大笑。L更把他幾經周折才獲得的軍事獎章送了給我，説那是他身上最珍貴的東西。未互相認識之前，也許只會看到L和K那彪悍的外表，但原來他們也有開朗溫柔的一面。

這幾天我發現，很多俄羅斯人雖然笑容不多，帶點高傲，但其實外冷內熱。火車上先後有人把即食麵和麵包塞給我們，又有人邀請我們一起吃飯，我們都深深感受到他們的友善。

風景在窗外飄過，我靜看車廂中的人生百態，有人趴著看書，有的搖著頭聽音樂，有的純粹在放空。車停了，披件厚衣出去吸一口新鮮空氣，只見車站人來人往，上車下車的交接著。火車上的面孔不斷更替，相遇與離別一直循環，大家都只能陪同大家去到某個地點，然後各走各路。

這邊廂，L和K在電腦上播放著數天前拍下的影片，背景是一個白色森林，有人從中拖出一具具人類屍體，我以為自己在看戰爭紀錄片，但原來這是他們的日常。

「你們為何要這樣做?」我不敢去想像自己的表情有多驚慌。

「他們是匪徒，一直威脅著邊境居民的生命安全，我們追捕了很久才能將他們一網打盡。」

我一度無法接受跟自已嬉玩幾天的同伴，竟曾奪取他人的性命，對上一次是幾天之前。

「如果我們不這樣做，就會繼續有無辜的平民被殺害。這是我們的責任。」L續說。

「拿起槍的一刻，難道你們不害怕嗎?」我無法想像如何面對這種廝殺的場面。

「害怕，害怕得要死。但只要戴上軍帽，就是一種使命，只能向前衝，絕不能後退。」K關閉影片的視窗，桌面是他兒子的照片。

「我不能理解人類的殺戮和戰爭行為。」我說。

「No good no good……沒有人喜歡戰鬥。我們情非得已，我有家人，他們也一樣，我希望他們從沒有犯法，那就不存在這個敵對的關係。」K說。

「誰不渴望和平？我也希望多陪伴家人，那天搏鬥時對方猛力反擊，我會想像如果我有天被殺了，兒子還小，他要如何去面對這件事情。」他一副鐵漢柔情的樣子，愈說愈感觸，「每次被委派任務時，我都想到愛的人，想好好抱著他們。」

看似冷血無情的男人，其實跟我們一樣，會笑會哭、有血有肉，在愛的話題上，也能滔滔不絕地編成一首詩，如果你願意聽，裡面包含複雜的情緒、細膩的感覺，和一個難以說清的故事。

記起當天在立陶宛的十字架山（Hill of Crosses）上，我在一個小十字架上寫上「願戰爭不再」，把它掛在成千上萬的十字架之中，還盼哪一天奇蹟會出現，天下和平，再無打殺與鬥爭。

願每一個離家的人，都能平安歸去。

## 4.2 / 莫以善小而不為

//他幫忙清理房屋的殘骸和連根拔起的大樹，又搭蓋臨時的房屋讓居民入住。他說，印尼人大多都很樂觀，即使已一無所有，還是會說說笑，或用歡樂的歌聲嘗試去平復傷痛。//

穿過蒼鬱的森林，與猴子擦肩而過，陽光滲透至我黝黑的皮膚裡，在山巔遠眺烏魯瓦圖廟（Uluwatu Temple），迎面吹來的印度洋海風喚醒了一場夏日夢。我緩步走到蘇魯班海灘（Suluban Beach），躺在軟綿綿的白沙上，閱讀一本自購買以來一直遭冷落的書。

「嗨！」書後傳來打招呼的聲音，「我剛在那邊玩完衝浪上水面，沙灘上的女生眾多，但我只看到你。」這句帶點老套的撩妹開場白讓我回過神來。

R 是個獨遊的摩洛哥人，在印尼已生活了大半年，談起峇里附近的島嶼，他說他剛從龍目島

（Lombok）過來這邊，之後還會回去。

「龍目島不是不久前才發生過地震嗎？」我問。

「這正是我前往當地的原因。」他說。

二〇一八年，龍目島多次發生強震，在八月初時更錄得黎克特制七級地震。當時身在吉利特拉旺甘島（Gili Trawangan）的R也感受到震盪。地震造成不少傷亡，成千上萬名居民流離失所，他得知地震的消息後，便決定到龍目島協助救援。R形容，災區現場一片頹垣敗瓦，很多房子坍塌下來，某些部分更碎如沙粒。

他幫忙清理房屋的殘骸和連根拔起的大樹，又搭蓋臨時的房屋讓居民入住。他說，印尼人大多都很樂觀，即使已一無所有，還是會說說笑，或用歡樂的歌聲嘗試去平復傷痛。

他原本打算在那裡停留兩個星期，轉眼卻過了兩個月。每天醒來，小朋友都會蹦蹦跳跳的來到他的面前，問：「你今天要走了嗎？」一雙雙天真無邪的小眼睛看著他，有些雙眼通紅，依依不捨的。他說自己也捨不得離開這群在地震中失去家人的孩子，於是再留久一點，多陪他們一點。

「要建造一所用竹搭成的臨時屋，只需要大概五天的時間，但要令村民的心理創傷復原，卻可能要用上一輩子。」他柔柔地說，「有時我會想，其實我幫不上甚麼忙。」

想起那次土耳其的一間敘利亞難民學校需要文具，我在網上募集物資，結果收到熱心的讀者送來顏色筆、小畫紙和鉛筆等。我小心地把二十多公斤的文具放在紙皮箱裡，在上機的前一晚用膠紙封好，這時身旁的朋友問：「才二十公斤文具，真的能幫到他們嗎？」

這句話讓我反思，有時也許只是我們一廂情願，去滿足幫人的欲望。而事實上，相比起他們所經歷的事情，我們所幫的這些忙，都顯得太微不足道。

我們無法改變世事，天災與戰爭還是在世界各地發生，無數的家園仍被摧毀，失去了的家人依然無法復生，那千瘡百孔的心靈還是那樣千瘡百孔。

但，直至一位難民畫了一幅畫送了給我、直到接下肥皂的非洲男孩摸摸頭皮大笑、直至課室裡的孩子用剛學會的英文說出一句「多謝」（Thank you）、直至我想回報某人的恩惠時他說「把這份愛傳出去」（Pay it forward）、直到 R 剛才說了一句「因為善良很重要」（Because kindness matters），我突然像明白了些甚麼。

多微細的助人行動，都有如散播開去的種子，它也許能讓服務對象感受到一點愛、令更多人關注事件，或感染他人參與其中，將一些理念透過大大小小的力量實行出來，讓落在四方的種子能生根發芽。一個人的能力有限，但永遠別低估自己的影響力，你用手中的火把點燃他人的火把，一個傳至另外一個，星星之火終可燎原。

那天在立陶宛遊走時被一個慈祥的叔叔拾了回家，他毫不猶豫地把大門門匙交給我，問他為甚麼願意幫我，他說：「因為我相信每個人都有助人的力量，」他對著懷裡的小女兒側頭而笑，再把話說完：「我們一步一步地讓世界變得更美好。」（Inch by inch, we make our world a better place.）

當每個人都願意走出那看似渺小的一步，生命也許真的能相互影響，帶來意想不到的連串作用。

世界正在改變。

## 4.3 / 假如沒有下次

//「不是所有事情都可以等到下次。」她凝視著西裝說。W的這份茫然刻在我的心頭，就如一陣風吹向銀鈴，「叮叮咚咚」的提醒著我，「下次」可以是一件遙不可及的事情，也讓我知道自己是多麼的幸運。//

「歡迎來到腐敗的世界!」(Welcome to the world of corruption!)小巴上有一把男聲似是對著我說，抬頭瞄到司機正把一卷錢塞往警察的手裡，警察點頭讓他離開。在非洲，我對於這種行為已司空見慣，我也曾多次在關口和機場遭關員為難，堅持不付錢或送禮的後果是——對方遲遲不在我的簽證上簽名、無合理原因下要求我翻開背包，將裡面的東西逐一檢查，或要我每個護照蓋章解釋為何要到那些國家。

我想回頭看剛才誰跟我講話，但因為車內擠了比座位數目多出一倍的人，摩肩接踵下要靈活地擺動身體是不可能的事。靠近門口的乘客甚至無法直立。每次開車門，小巴再上客，收費員順道把人再往內擠一下，就這樣我在津巴布韋得了最離奇的傷患——腿部因在小巴長期沒足夠的空間伸展，腳踝扭傷了，痛了好幾個星期。

我一跌一蹶地走到地圖上標記了的位置，沿路有人向我兜售百萬億的紙幣，是當年通脹下的產物。沙發主W打開門迎接我，帶我走進飯廳，我們在嘎吱作聲的椅子坐下。她跟她的媽媽已為我準備好薩扎（Sadza）等作晚餐，以白玉米粉煮成，口感黏糊糊的，搭配著蔬菜。她們的手在我的碟子和餸菜間來回幾遍，我看著面前快滿瀉的食物，突然很感激，一路上遇上很多對我好的人。

餐後W帶我到房間聊天，那時我才知道她今年只是二十一歲，還在讀書，跟我一見如故，我甚至為著世間竟有跟自己如此相似的人而感到不可思議，同是讀語言的、喜歡手工藝、迷戀里安納度（Leonardo DiCaprio）甚至幾乎看過他所有曾演出過的電影。我們如姊妹般傾訴心事，「不如交換衣服試穿？」她提議，我說好，再打開背包找出自己僅有的幾件衣物。

她打開衣櫃，停住了幾秒，然後轉身看著我，驀然淚流滿面。

原來令她觸景傷情的，是衣櫃裡那兩套男西裝。她說它們本來不是放在這裡，也許是她的媽媽在整理東西時搬了過來。

一直沒有開口問，也不敢問，她的爸爸在哪裡，直至她說，爸爸在年前因病離世了。

「他閒時會拿出來欣賞一番，卻捨不得穿上。他每次都說，下次會拿來穿，總想等到一個特別的日子，結果那個日子還未到，他就已經走了。」W哽咽地說。

那兩套西裝都是新簇簇的，還封著膠套，有被熨過的細緻線痕，她的爸爸應該一直很小心地保存著它們。

「不是所有事情都可以等到下次。」她凝視著西裝說。

W的這份茫然刻在我的心頭，就如一陣風吹向銀鈴，「叮叮咚咚」的提醒著我，「下次」可以是一件遙不可及的事情，也讓我知道自己是多麼的幸運。

旅程中有幾個時刻，我都覺得那可能是自己的最後一次——當在智利行山迷路被困時、在博茨瓦納和納米比亞露營遇上大象和鬣狗（Hyena）時、在埃塞俄比亞坐小巴發生交通意外時，和在南非聽見槍聲時……我也不知道自己有著多大的運氣，跟上天開了甚麼條件，才換來自己的下一次。

在晦暗的光線下聽W訴說往事，原來要令人與人永遠分隔，只需要一件很微小的事情；原來人是這麼的脆弱無力；原來人的一生可以短得連一句話都未說完就突然銷聲匿跡；原來我們都太過自信，覺得所有值得馬上去做的事情都可以等到下次；原來把機會押注在下次的人，結果可能贏，亦可以輸。

如果一切都再沒有下次，也許我們就不再被動的等候，不會對著手機博取虛擬的認同，亦不再糾結在無謂的事情上。

別再等待了，去擁抱愛的人，和自己和好，吃想吃的東西，登上那座你一直想挑戰的高山，把園林的花朵好好看一遍，將每一句再見當作是最後一次說出，好嗎？

# 4.4 / 就在轉念之間

//像他這樣的人，定是一生不缺，因為他凡事向好的方面想，情商很高，是福是禍就在那個轉念之間。//

我在智利聖地牙哥（Santiago）的青旅裡認識了朋友T，知道他打算一個人租車去瓦爾帕萊索（Valparaiso），我說我也有興趣去，他說當然好，有人跟他聊天又更可攤分租車的費用，於是翌日大家一起取車出發。

我們沿途停在寧靜的葡萄園和滿布黃花的叢林裡探險，其後一直駛到瓦爾帕萊索的小山丘上，繞過一列列凌亂又繽紛的低矮平屋，在曲折的道路上細看每一幅塗鴉作品，閱覽上面每一個我看不懂但充滿美感的文字，最後於山頂處欣賞海灣的明媚風光。

意猶未盡的我們，決定慢駛到山下，前往海灣盡頭的小沙丘玩滑沙。

在一個燈位前停下來，這時左邊有一位女司機敲了敲自己的車門，T 跟她一同搖下車窗。

「你右後邊的輪胎爆了！」女司機大喊。

我們感謝女司機的提醒，隨後有個男人，似是在附近居住的街坊，敲我們右邊的窗門，同樣指著後方的車胎說：「你這邊的輪胎洩氣了！好危險！你一定要去修理！前方二百米處有輪胎維修店，你可以停在前面。」

幸好得他們的提醒，我們就跟著那位街坊的指示駛到前面，此時才發現車子轟轟作響。

T 下車去找維修店，我坐在車上，剛才的男街坊問我需不需要人來協助。後來有另一輛車停在旁邊，他跟裡面的男司機閒聊，大概也是街坊吧，得知我們的輪胎漏氣，所以也過來幫忙。

「走了附近的幾條街，都沒有一間維修店在營業，所以沒辦法了，只好靠自己動手，換上那個後備胎。」T 回來時跟我說。

他打開車尾箱，跟街坊們合力把我們的兩個大背包搬到原本已放了兩個小背包的後座上。其中一位街坊留下來繼續幫忙，把車上那件反光衣套在我的身上，又在地上放置好三角牌，請我走前幾步，負責向迎面而來的車輛示意不要靠我們太近，此後他也幫T一起換輪胎。

後來那位街坊要走了，我們連忙向他道謝。十五分鐘後，T換好車胎，重新踩動油門，繼續行程。T還是想找修理店多買一個後備胎以防萬一，但經過了很多地方，發現修理店全都關門了。

駛過長長的海岸線後，終於到達目的地康孔沙丘（Concon Dunes）。

我們興奮地下車，從車廂拿出所需的東西，此時T突然慌張地左翻右倒，急步環繞車子走來走去，跟著又好像著了魔似的埋頭亂撥——

他的背包不見了。

再三確認後，他的背包，是真真確確地消失了。

我幡然有悟，思路如針線般把剛才發生的事情瞬間串連起來，身體打了一個寒顫。

是的，我們落入了一個有組織、有鋪排的騙局裡。

「好心」幫我們的街坊們在某個時候把 T 的小背包偷走了。我們再順藤摸瓜，加上後來報案時的查證，其實車胎正是在那個女司機敲自己的車門時，被右邊的那個男人刺破的。他們明知道沒有修理店會在當天（星期六）開門，也肯定我們要停下來自行換輪胎。

而當然，那個路過的男司機也是跟他們一夥的，「不經意」地遇上這件事，落力參演一場街坊協力助人的戲碼，而叫我指揮交通其實不過是想我背向車子，好讓他們更容易下手。我幸運地沒有被偷掉財物，是因為在任何時候我都習慣性地把小背包跟身，包括我下車的一刻。而大背包因為太礙眼的關係，他們大概不會打它的主意。

重溫事件時發現了很多疑點，但，都是後來才看到的。

「EVERYTHING！EVERYTHING！」T咆哮了一聲，用腳猛力地踢打車門，力歇聲嘶的貼著窗口痛哭，「太蠢！太大意了！」他不停地責罵自己。他的相機、錢、手提電腦……全都放了在那個小背包裡。更甚的是，他幾天後就要飛去阿根廷，已買了往南極洲的船票，可是他的護照……也一同被偷了。

目擊全程的我心如刀割，淚水模糊了視線，不知道可以幫他甚麼，只輕輕的給他一個擁抱。我能感受到他的那份心痛欲裂，當別人送上關懷與幫助時，我們沒有察覺到別人心懷不軌，還是本能地相信人性善良。這種利用人與人之間最基本的信任的騙術，比直接搶劫更令人心寒。

冷靜過了，我陪T去快餐店，他一口氣吃了四件三明治，化悲憤為食量。

「你知道嗎？我有一張信用卡在褲袋裡，可以走天涯。我還有一支牙刷，今晚可以刷牙！」我知道他的悲傷感覺正在與樂觀意志抗衡，試圖令自己好過一點。

「我想起了我的朋友，他上個月致電給我，說自己在南非連續兩次遇劫，但他覺得自己好幸運，好想跟你分享。」T咬著三明治說。

「甚麼？一連被劫兩次，這算是甚麼幸運？」我心想。

他的朋友是加拿大人，之前在南非的開普敦（Cape Town）被劫去錢、信用卡和護照。他馬上報案及辦理證件，被迫在南非多逗留兩個星期。但一星期後，他在約翰尼斯堡（Johannesburg）再次遇劫，說自己真的非常幸運！他解釋，幸好加拿大領事館辦事速度很慢，手續又多，至少要等兩個星期，而正因為他未辦好證件，令他這次只被劫錢，否則便要將辦證手續重複一遍，又要重新再等！

像他這樣的人，定是一生不缺，因為他凡事向好的方面想，情商很高，是福是禍就在那個轉念之間。

「給我一點時間，我會好好克服這個困難。」而T在傷心過後亦很快振作起來，我陪他幾次出入警局，最終他趕及在飛往阿根廷前取得臨時的護照文件。

幾星期後我在阿根廷的首都布宜諾斯艾利斯（Buenos Aires）辦理玻利維亞簽證，下午就要飛進玻利維亞，但因為簽證過程出乎意料地順利，又發現T同樣身在首都，於是我在上機前擠出不足一個小時的時間與他吃飯，見面時大家都很雀躍地交代近況。

「我已經復元過來了。」他神情泰然地說。

「不久之後，我會笑自己當天有多傻。許多年後，那都會變成一個美好的回憶。」

將壞事情換個角度自作解說，能讓我們跨過當下的窘境，走出胡同。本來如天塌下來的事情，後來都變得沒甚麼大不了，最後成為茶餘飯後的一件趣事，想起也能會心微笑。

一個轉念，能扭轉局面，讓心變寬，將來更容易走過艱難的路。

# 4.5 ／ 夢想中的國度

//美好的幻想，有否一瞬間被戳破？一個在印度洋中的神秘島國，翠綠的原野和有趣的動物成了人們對它的印象。但在絢麗的背後，它其實是世上最貧窮的國家之一。//

長途車停了下來，司機大喊「五分鐘時間，上廁所」，我看不見洗手間，只見一片繁林野草，真正的「Nature is calling」。前面的阿姨未出車門褲子已拉下了一半，露出了兩團贅肉。門一打開，數十條腿快步竄入有利位置，其實就只得幾根草遮掩著，但還好吧，至少叫作有點私隱。

最怕是到村落的「公共廁所」，矮墩墩的三塊混凝土牆形同虛設，空間僅夠一人站立，前方沒有門，旁邊有條通往河流的窄水道。臭氣熏天，憋氣蹲下，自問壓住沒有七情上臉，可是前面拉牛的阿姨望著你，耕田的妹妹又好奇地偷瞄你，一班孩子似是看戲的過來瞪著你。但畢竟我在這裡有一半時間都肚子痛，我由渾身不自在到後來已經可以處之泰然地面對一切目光。完事，村民會給你一小桶水沖廁，但你眼見窄水道通往前面的河，河上的阿姨照用水來洗澡、洗衣、煮飯……

這是馬達加斯加。美好的幻想，有否一瞬間被戳破？一個在印度洋中的神秘島國，翠綠的原野和有趣的動物成了人們對它的印象。但在絢麗的背後，它其實是世上最貧窮的國家之一。

這裡的天氣永遠是清爽舒適，隨地可撿到亮麗的天然礦石，走進公園能遇上可愛的狐猴（Lemur），還有多種稀有的動植物。《小王子》裡的「猴麵包樹」（Baobab）真實的存在於這片土地之中，低調地散發光芒。這確實是一個寶島，但人民卻依然窮困。

受某部卡通片的影響，馬達加斯加是不少人心目中的夢幻島嶼。關心馬達加斯加到底有沒有企鵝的人，遠比關心那裡的人民生活如何的人多。平民人均收入不足一百美元一個月，街上吃一碗湯麵才一兩港元，一美元可以請一個保鑣一天，我的保鑣笑說他不能打但能跑，要是街上有人搶劫的話可以幫我追回財物。

當地的路面坑坑疤疤的，路況很塞，小巴去遠一點的城市動輒要走十多個小時，車子又總是拋錨。有人在泥黃色的河旁採金，也有人開發礦場，大量外地商人湧入賺錢，任意壓榨本地工人。眾多物種面臨絕種，人們卻漠不關心，只著眼於觀光發展，遊學的地點愈是刁鑽愈能吸引眼球，歐洲等地已不夠特別，而馬達加斯加的遊學團則愈來愈受歡迎。

找到了一個寶石工場的位置，也聯絡上在埃塞俄比亞種植咖啡豆的農民，後來跟當地人研究「公平貿易」的可行性時，一位會說中文的商人幫忙翻譯，「能賺到甚麼錢？」他揶揄地說。錢確實是一個很現實的問題，每個人都需要錢來維持生計，但除了自身賺取絕對的利益之外，是否也有空間去容納如改善地區買賣環境等的其他事情？

走過魚檔時蒼蠅四散紛飛，彩色三輪車的司機大汗淋淋走一轉才賺一元幾塊，保母靠著微薄的收入養活一家十幾口，漁村裡的學校連基本用品也買不起，要靠別人的捐贈度日。小孩住在堆積如山的垃圾堆旁，拿兩根樹枝滾著輪胎皮作樂，對街的旅客享受壓價壓到盡的滿足感，把這個地方匆匆走一遍，只求大快朵頤一番。

除了吃喝玩樂打卡外，我們還可以做些甚麼？

# 4.6 / 信任遊戲

//走過一座大教堂時，大叔問我背包重不重，說可以幫我拿。我說不用了，他竟拿出身分證和摘下手腕上的錶，請我幫他保管著。這一刻我沒有拿出疑心來反應，反而覺得有點難過，幫人反要扣押貴重物件以換取丁點信心，人與人之間的信任未免太薄弱了吧！//

從愛沙尼亞到拉脫維亞的巴士上，我囫圇吞下兩件牛角包，用手機隨便訂了首都里加（Riga）裡最便宜的青旅後，便抓起背包急急下車。

叩門幾下，應門的是一位印度人。後來發現，不論是接待員或是住客，幾乎全都是印度人。

幾個印度人圍在廚房煎薄餅，散落在空氣中的調味粉讓我的鼻子痕癢難當，我趕快把剛買回來的即食麵放好後離場，此時碰上一位大叔，應該是除了我以外的唯一一張非印裔面孔，他看著我一臉驚喜。

「你會說中文嗎？」他問。

「會。」

「可以幫我一個忙嗎？」

數年來的獨遊生涯教會我防人之心不可無，而受過南美騙案的洗禮後，我對陌生人就更加有所防備。

「我用國內的銀行戶口轉賬了一筆錢到這邊的一間銀行，但現在卻提不了款，我又不懂英語，你可以幫我嗎？」他說。

這番說話似乎點中了普遍騙案的常用詞彙——銀行戶口、轉賬、錢。我心想，他會向我要錢嗎？

我瞄向自己的錢包，它還是很安全地斜掛在我的心口前，被外套半掩著，心理上安心一點。

「不會阻你很多時間的！」大叔使出近乎哀求的語氣。

我看著他那無計可施的樣子，好想保護自己但又怕小人之心。想起那個時候在北馬其頓（North

Macedonia）認識了瑞典朋友T，我們走在那個表面風光但實質貧窮的國家裡，街上有不少人伸手行乞，而T每次都會掏些零錢給他們。

問他不怕被騙嗎？他說：「寧願十次被騙，也不願錯過一次能幫助真正有需要的人。」哪會有人那麼傻？

大叔還在等待我的答覆。我沒有T的大愛，但那一刻不知是哪來的自信，我覺得自己有足夠的智慧去處理任何有機會發生的事情，更何況走在大街上，他也難以對我做甚麼壞事。但當然，防備心會一直伴隨著我。

我為他翻譯銀行傳來的電話訊息，在第二天早上退房後陪他到市中心的銀行詢問職員和填寫表格。原來銀行需要他提供轉賬的資金來源證明，方讓他提取。我撰寫好解釋信件，他自己再想辦法找證明文件。那筆錢其實不過是一萬多元人民幣，是他多年做廚房工作的積蓄的一部分，想轉過來用作旅費，現在卻陷入提不了又退不回的尷尬狀態。

錢還是暫時拿不到。他向我表示感激，說不好意思阻我那麼多的時間。由於他只帶了一張提款卡，我幫他找有銀聯標誌的提款機取錢，可是找了半天，一部也沒有。他說他自己再想辦法，不想再耽誤我的行程，我說如果再去一間銀行都沒有的話就算了。

走過一座大教堂時，大叔問我背包重不重，說可以幫我拿。我說不用了，他竟拿出身分證和摘下手腕上的錶，請我幫他保管著。這一刻我沒有拿出疑心來反應，反而覺得有點難過，幫人反要扣押貴重物件以換取丁點信心，人與人之間的信任未免太薄弱了吧！

「我不是不相信你，只是我覺得自己能拿。我跟你走到這裡，證明我信任你，才願意幫你。」我直言。

他明白了，後來再沒有問。轉個街角，他談起他的女兒和家鄉，雖然我不太聽懂他的捲舌口音，但感覺他挺顧家的，也聽得出他的為人正直且沒機心，真的就只是一個需要幫助的人。

最後他找到一位朋友借錢應急。我們交換了通訊方式，方便他再遇上問題時可以找我。

跟大叔道別後，我獨自把這個城市逛了一遍。暮色漸沉，我傳訊息給原本說會收留我的沙發主，但他卻突然消失得無影無蹤。外面涼風颼颼，我帶著背包漫無目的地遊走，除了失望也有點無奈，最後決定回到青旅再住一晚。因怕回去時已太晚，我發了訊息給大叔，請他幫忙先通知前台職員幫我留個床位。

回到青旅時見不到大叔，詢問之下發現原來他跟我一樣今天就退房了，但剛才特意回來，不但幫我付了這晚的房錢，還準備了熱茶放在枱上，更煮了一頓豐盛的晚餐給我，分量足夠我吃兩天。

我一口一口地把飯菜吃完，已很久沒把肚子撐得這樣滿了，心頭暖暖的。

飯餸旁邊有張紙條，寫道：「謝謝你的幫忙，我知道你只來這個城市幾天，但你也願意花時間幫我，耽誤你的旅遊行程真的挺不好意思。今天沒有你的話我跟這裡的人溝通肯定很難，非常感謝你。多吃一點，不要經常吃泡麵了！如果有機會來內地找我！」

看罷眼眶濕潤，那時他已離開了旅舍，後來我想還他房錢他堅持不收，說那是道謝我的一點心意。我在想，如果所有人都可以這樣互助互信，你對我好我對你好，世界會變得多美妙。

我們都不過是需要這種簡單的美好，來讓日子過得再溫暖一些。

## 4.7 / 如果一切可以從頭再來

//我們帶著好的壞的經歷來到了現在的這個時間點，過去的事情塑造了現在的你，也許令你變堅強或軟弱了、大膽或更退縮了。如果想改變的話，永遠不可能比這一刻早，但亦從不會比這一刻遲，你我都有足夠的能力，去參與編寫下一個故事。//

穿過馬路旁的赤道標誌，代表我跨越了南北半球，之後一路返回烏干達的首都坎帕拉（Kampala）。放眼望去，山頭遍滿香蕉樹，村民把一串串綠色的香蕉搬上卡車，看來是準備運送到市場。

市中心裡車水馬龍，電單車司機在泥路上飛馳，不放過任何能讓他超前的空隙，坐在後座的我無一刻不膽顫心驚。突然，一輛迎面而來的電單車快速掠過身旁，我的左腳掌被它擦傷了，夾腳拖瞬間斷掉，消失於漆黑之中。那次之後，我再也不敢坐當地的電單車了。

返回青旅，昨天認識的幾位室友圍在一起，我加入討論，來自巴西的女生咕嚕咕嚕的說了很長的故事。

「如果可以從頭再來，我一定不會跟他在一起。」她總結說。

她跟一位在路上認識的法國男生相戀了一年多，遠距離戀愛終抵不住時間的考驗，男方最後放棄了這段關係，於半年前提出分手。

「如果我當初選擇了別的人，就不會有這樣的結局。」她不忿地說。

「這樣想吧，如果另一個選擇更差呢？」旁邊的美國人問。

「不可能有更差的吧？」

「你說當初很喜歡他，才跟他在一起，要是你一開始選了別人，可能沒那麼喜歡，感情很快就維持不了下去，也許你又會想當初為何不跟最喜歡的人在一起。」

旅途中聽過不少類似的故事，很多人會對自己以往的決定感到後悔，想回去改變選擇，猜想另一個選擇一定比現在的精彩。

「我不知道……我只覺得，這個決定做得很錯。」巴西女生還是無法釋懷。

「至少，他讓你上了一課，令你更知道甚麼類型的人適合自己。」一位德國男生補充說。

回想起幾年前，自己曾在日記簿上寫過這樣的話：「沒有挫敗憂傷，成就不了今天的我。人生是一場場的蛻變，過程難免惹灰塵，但那是過去的經歷累積而成的狀態改變，無論得與失都讓我們成長。」

我們一開始根本不會知道怎樣的路較適合我們，也許會碰釘、會難過，但都不打緊，因為那些經歷，都會讓你更有智慧地走向將來。

我們帶著好的壞的經歷來到了現在的這個時間點，過去的事情塑造了現在的你，也許令你變堅強或軟弱了、大膽或更退縮了。如果想改變的話，永遠不可能比這一刻早，但亦從不會比這一刻遲，你我都有足夠的能力，去參與編寫下一個故事。

可以懷緬過去，但別要背負著它。既然時間的鐘擺不能回撥，纏綿在旋轉樓梯中拐不出來，沉浸於萬劫不復之中，只會讓時間白白流淌。

「給自己一些時間適應吧！悲傷過後收拾心情，期待下一位會為你帶來怎樣不一樣的風景。」我說。

新生活的定義，除了是開闢一條新路徑外，還有就是不再糾結於以往的不完美。過去已寫好了、跨過了、結束了，一切的悲喜淚笑，都早已鐫刻在你的歲月裡。在時光機未被發明之前，與其想著回到當初，不如專注當下，華麗的邁步向前，也許就是當前最好的選擇。

# 4.8 ／ 撒哈拉沙漠的啟示

〃眼前這片火紅的沙漠，本來也空無一物，沙粒自然地聚集成堆，不需要多餘的，足以構成千年不衰的美景。「當明白了這個道理後，我出門旅遊時東西愈帶愈少，簡約能令我更投入生活。」〃

抵受了二十多個小時侷促的車程後，我終於踏上了撒哈拉沙漠，這片因三毛而變得浪漫、因小王子而變得純粹、因牧羊少年而變得無畏無懼的荒蕪之地。

同團中有位來自美國的攝影師B，在數天的旅程中，他都只穿著同一套衣服，都是一個腰包、一對登山鞋，還有脖子上掛著的一部相機。

「這樣的行裝，足夠了嗎？」我有點無法理解。

「足夠我生存！反正我走過百多個國家也是這樣，基本需要的都帶了，多餘的不過是欲望。」他擦擦眼睛，撥去眼眸裡的幼沙。

我也曾見過有旅人只帶一個像籃球般大的包包去長途旅行，亦有一位來自日本的背包客會邊走邊「DIY」，天氣冷了便用找到的棉被改造成外套，下雨了就用膠袋縫製雨衣，用不著時就轉贈有需要的人，環保得來又能保持一身輕便。

駱駝隊跨過一個又一個沙丘，因較早之前出發時間被延誤了，我們走到營地時天已黑，氣溫驟降至十度以下，大漠依然平靜，蕭蕭風聲分外悅耳。我與B從柏柏爾人（註）的表演中溜走，在夜幕下追蹤繁星，鼓聲與歌舞聲漸漸遠去，換來一片清靜。

「大自然不時給我們啟示，只是我們不細心去留意。」他抓起地上的一撮沙，「你看，都捉不住它。」把它揣緊，它馬上就從指縫間滑落。

B曾跟隨動物學家和科學家到南美和極地，深入一些一般人不能踏足的地帶拍攝，作品以野生動物為主，曾獲得不少國際獎項，「我亦因此賺了點名氣，亦得到可觀的收入，就開始買車、房產和古董家具，愈買就愈上癮。但現在想來，它們其實有甚麼重要呢？物質本來就是虛無，虛無得只能撐起面子，無法填飽心靈。」

眼前這片火紅的沙漠，本來也空無一物，沙粒自然地聚集成堆，不需要多餘的，足以構成千年不衰的美景。

「當明白了這個道理後，我出門旅遊時東西愈帶愈少，簡約能令我更投入生活。」B續說。

想起數年前的自己，每次出遊都像搬家一樣，加上帶點稚氣的樣子，如手中攜著個鉤織娃娃，說是偷偷離家出走也會有人相信。

那次在智利的聖地牙哥國際機場等行李，運輸帶轉了數十個圈，重重複複都是那兩三個行李孤獨地跟我對望，此時我的心已涼了半截，查問後得知我的背包還卡在轉機地，要等三天才送到智利。我只好審視隨身的小背包有甚麼用得著，結果三天不難度過，還發現真正會用到的物品其實不多。

每次在旅程結束時，都會發現自己帶的很多衣物都沒穿過。家中也有許多物件，包括那些我曾經渴望擁有的、捨不得扔掉的，和很久沒再用上的。其實我們真的擁有太多不需要的東西。

想起一位遺物整理師說過，所有在生命終結時會變成廢物的東西，都不要留著，加重身心的負擔，不值得。

我們曾經拚命去擁有，用盡生命的力氣去追求無窮的物欲與名利，但到最後，統統都留不住。最富裕的，需要的永遠最少。漏走浮華，撇去牽絆，最好的風光，其實早在身邊。

撒哈拉沙漠教會我們的事情。

註：柏柏爾人（Berbers）的稱呼來自拉丁語，是西北非洲部落族人的一個統稱。

# 4.9 ／ 生命是如此荒謬地精彩

//有些人，縱使生活沒有過得比別人容易，也不選擇短嘆長吁，反而帶著笑聲昂首向前，嘗試從容地面對高低起伏的日子。//

唸大學時，我買了人生的第一張機票，一個人走到澳洲內陸的一個農莊裡。

想不到，兩天前還在為論文糾纏，今天竟生活在遙遠的荒野之中。

清晨，珍珠雞（Guinea Fowl）的叫聲在大氣中回旋飄蕩，令我不得不起床。然後我如新兵上陣般殺入雞舍，了解敵方的分布，於秒間出手擒拿雞隻，戰兢地攤開其爪子，塗上一層薄薄的營養油。再打開羊棚的木門，放牧一群在任何時候都懵懵懂懂的羊兒。

又會挑選合適的石頭搭建水道，一顆一顆的於太陽下篩選，恰似在街市的大紅罩燈下挑雞蛋。午飯過後，根據食譜調製馬糧，在數十畝的草地裡尋找兩隻嬌生慣養的馬兒，引導牠們去吃飯。

啊對，牠們總是愈叫愈走，烈日下追得我汗如雨下。

黃昏，在三分鐘快速洗澡後，我用營火烘乾頭髮，再去領羊兒回家。

「帶 Sirge 去吧！牠趕羊最在行！」一把沙啞的聲音說，一頭大狗隨即被輕輕推向羊群，夕陽的光線剛好打在這個人的雙臂上，映出盡顯氣勢的紋身，往上瞄驟見一個帶著帽的老伯。

他叫 W，是農莊莊主的朋友，一年前帶著一輛露營車和一隻人見人愛的大狗定居於此。老人與狗，加一支他常拿著當拐杖的樹枝，就成了他的寫照。

他總在背後大叫：「Good day, mate!」嚇人一跳。他外表冷酷，笑起來卻像個孩子，一些幼稚的玩意都能令他笑得前仰後合。他喜歡搞氣氛，說笑時總是按捺不住率先大笑。他的笑聲很好辨，清脆又持久，我笑說每次至少要等十秒，讓他的笑聲淡沒後方可接話，他聽後好一陣子裝作笑得矜持。他會教我和其他旅人一些澳洲童謠和繞口令，就知我們會讀得口齒含糊，藉此把我們調侃一番。

「我不過是想逗你們笑，你們笑的時候，是最美的。」他常說。

有次休息時間，我獨自去找一條湖泊，卻在回程時不慎走失。我在鵝黃色的野草上跑，辨別不出方向，還跨過了一些鐵絲欄，其中一個是有電的，手腳頓時抽搐麻痺，令我不敢再亂走。往後退，有數十隻牛瞪著我，一步一步的逼近，但沒有攻擊我，看來我已走到別家的土地了。

兩個小時後，W找到了我，他一臉緊張，我知道自己惹麻煩了，還未開口，他說：「我真的小看了你的膽量，以後前路有甚麼飛禽走獸也不怕，等你來開路。」他就這樣把事情一笑帶過。

有天傍晚，所有人都坐在飯桌前，燃起燭火，聊聊各自的生活。

W翻開一本相簿，相片似是時光倒流二十年，他的子女還很小，靦腆地靠著他。「他們跟我合不來，自母親走後大家的關係就更疏離了，已很久沒有聯絡。」他說。

回憶似水流年，恍如昨天。他的妻子在數年前竟跟一個年輕的男人走了，而他本來在紐西蘭（New Zealand）住的小屋，被一場洪水沖走了，從此無家可歸。他試過住朋友的家，亦曾經睡街，最後他用僅有的金錢買了一輛露營車，來到了這個農莊，打算餘生都在此度過，與大狗相依為命。

「你的生命未免太波折了吧……」我說。

「是的，生命就是荒謬的，但都未算最糟糕，直至遇上了你們……」（Yes, life is just RIDICULOUS, but not the worst until I met you guys...）他又咯咯大笑。

更戲劇性的是，幾天後他出了市區看醫生，我才知道原來他左眼有癌症，需要做手術。對於此事，我並沒有多問，只從其他人的口中得知，他的情況不太樂觀。但他回來後仍繼續嘻哈玩笑，隔日還把手術後需帶上的眼罩丟掉，笑言怎可以擋著他俊俏的臉。

有些人，縱使生活沒有過得比別人容易，也不選擇短嘆長吁，反而帶著笑聲昂首向前，嘗試從容地面對高低起伏的日子。

在農莊生活的時光很快便到了尾聲，跟大家道別之前，我給他們每一位都寫了一封信。

W 的那封，我在最後寫道：

「If life has to be RIDICULOUS, then please make everyday RIDICULOUSLY AMAZING. You are incredible, mate!」

無論棋局如何，也要走得精彩，時而冷嘲一下生命之荒唐可笑，看淡得失，凡事隨輕煙飄散，一笑置之，也許，這是我們最後能掌握的事情。

## 4.10／那一年，泰姬陵酒店的恐怖襲擊

//「基於對他人的感受。世界上自私的人有很多，他們都只顧著自己，有人會去關心馬路上的某場交通意外嗎？他們不上前幫忙、不讓路給救護車，甚至拿出手機拍影片。但他們可有想過，自己有天會成為躺在救護車上的那個人？他們要明白，人是不能那麼自私，事情才會有好轉的可能。」//

「起初他們說酒店外有『Shooting』，我以為是拍戲的意思，直至恐怖分子闖進主樓，亂槍掃射，我才知道那是一場真實的槍擊。」

坐在我旁邊的大廚O，一副圓圓的臉龐，頭髮花白，常帶著慈祥的笑容，身穿黑色長袖廚師服，心口位置縫了他的名字。

他放下茶壺，遞了一杯熱茶給我，回憶著十多年前那些驚心動魄的場面。

二〇〇八年，孟買發生連環恐怖襲擊，以巴基斯坦（Pakistan）作為基地的至少十名恐怖分子在南部多處發動攻擊，而作為地標建築的泰姬陵酒店（The Taj Mahal Palace Hotel）是重點目標之一。O當時在該酒店擔任主廚，與酒店內數百名客人和員工，一同被捲入一場生死搏鬥之中。事件當年轟動國際，故事後來更被搬上大銀幕。

「我叫員工立即將餐廳裡的所有燈關上，把門上鎖，先避開恐怖分子的視線，確保當時餐廳內四、五十位顧客的安全。」O勒令其他餐廳的員工也照樣做，當中有婚宴在進行，職員把主門全鎖，槍匪曾經推門進入但不成功。他們在燒烤場和附近範圍射殺了數個人，然後走上其他樓層，那裡有達官貴人在舉行宴會，O得當機立斷以確保客人得到全方位的護衛。

他形容當晚情況混亂，尖叫聲、逃跑聲、槍聲和爆炸聲此起彼落，其間更有人被挾持成人質。我不禁問他，在危難當中，難道沒有一刻想過要逃離現場嗎？

「二十秒，甚至少於二十秒的時間，我就能逃出酒店。」而事實上，O曾三次走到酒店外找救援，但遇到的警察都不願走進那危機四伏的酒店，其中一位更推搪說他身上只有一支槍，O調侃地說「我口袋裡也只有一把小刀」，最終他返回酒店繼續保護客人。

O和酒店裡的人最後足足等了一個晚上，翌日早上特種部隊才出現在酒店。在此之前，他們只能自救。O 熟悉酒店的環境，因而有信心可以帶客人逃出困境。

他找了個適當的時機，引領餐廳的客人移步到他辦公室後面的一間房間裡躲藏，那是一個私人俱樂部，位置較遠離主樓。「匪徒若要到達那裡，要麼先走到大堂，但新舊兩翼之間後來已有警察防守，他們是不會去的；要麼就必須經過我的辦公室，我們將附近的門都鎖上，我認為那是最安全的地方。」

他憶述客人在房間裡有好多疑問和情緒，他和員工盡量解答和安撫他們，後來更為他們準備三明治。所有廚師都自願出去幫忙，也會一起視察形勢，O 會每二十分鐘回去檢查客人是否安好。「我們是非常團結的一個隊伍，多年來每天除了回家睡覺外，酒店就是我們的第二個家。」

他好幾次勸喻他的秘書和其他廚師離開現場，有些人不願意走，堅持留下來守護客人。「客人進來我們的家，我們就有責任確保他們的安全。」這是他和團隊的共同理念。

「我一生中經歷過很多事情，如印度和巴基斯坦的戰爭，當時我只有十歲，曾目睹約五十米外有炸彈跌落，一堆身體在空中橫飛，其後又看到多次爆炸。」經歷過戰爭的洗禮，他直言自己並不畏懼死亡，當刻只靠著本能去做他認為是正確的事情。

而作為一位領導者，他說自己更不能慌張，慌張對事情起不了作用，反而會令團隊一起垮下來。

凌晨三時半左右，槍匪走到了廚房，跟O和其他廚師只有約三十米的距離。他們瘋狂掃射，有很多人受傷，亦有廚師當場喪生。「那個晚上，我失去了七位廚師，他們犧牲自己的性命以拯救客人，他們每一位都是勇敢的英雄。」

「到現在我也會想，那些人怎能殺那麼多無辜的人？我特別記得有位年輕的廚師，當時他坐在地上，被幾個恐怖分子圍著。他哀求他們不要殺他，說自己六個月後便結婚，他們互相說笑，然後按下扳機，子彈穿過他的肺部，那小子在醫院努力掙扎了六天，最終不治。」O垂下眼簾，露出深邃的雙眼皮，彷彿刻劃著歲月裡的每一個痛徹心扉的時刻。

他數說那些歷歷在目的畫面——當時有個男人正跟他說話，後方傳來手榴彈的爆炸聲，接著有子彈飛過他的頭部，射死了那個男人的太太；一直在閉路電視室與他交換情報的員工，最終也逃不過匪徒的槍下無情；O帶著十七個員工避過子彈，一直逃跑到洗衣房；有同事躲在廚房被發現了，槍匪問他的名字，知道他是印度教教徒，就把他殺了；一位侍應生則因為說出了自己的穆斯林名字而避過一劫。

O口裡吐出一字一驚心，在千鈞一髮之際，他和員工們如何可以作出不自私的決定？

「基於對他人的感受。世界上自私的人有很多，他們都只顧著自己，有人會去關心馬路上的某場交通意外嗎？他們不上前幫忙、不讓路給救護車，甚至拿出手機拍影片。但他們可有想過，自己有天會成為躺在救護車上的那個人？他們要明白，人是不能那麼自私，事情才會有好轉的可能。」

對於那班殺人如麻的恐怖分子，他慨嘆他們被洗腦了，「他們說受神的指派去做這件事，好讓他們能上天堂。其實神並沒有說任何話，祂將我們造成人，我們就當擁有人基本有的人性。」

在那數十小時的圍困中，他和團隊最後合救了一百多名客人，把傷亡減至最低，最終全酒店有三十一人死亡，當中十二名為酒店員工，他們多是因英勇保護客人而被殺的。O說，他永遠都不會忘記他們每一位的付出。

他在該酒店服務了約四十年後離職，現在於世界各地經營自己的餐廳。隔天是色彩節（Holi Festival），O還好客地招待我和沙發主到他的餐廳品嚐他創作的菜式。我們再一次聊天，把彩粉抹在額頭上，拍了幾張合照，兩天後我更收到他的生日祝福短訊。在我眼中，他是一位如此真誠、藹然可親的伯伯，而聽過他的故事後，更對他和所有員工的英雄舉動心生敬佩。

那天我幾經辛苦塞進了擁擠的地鐵，下車後在市中心看了一場寶萊塢（Bollywood）。走出戲院，汽車的響號聲吵過不停，人頭不停攢動，「人類只做好的事情。」（Humans do good deeds only.）我猶像聽到O堅定地說。我在想，假如這一刻大街上出現甚麼突發事件，那些疾步行走的人，會停下來幫忙嗎？而我，又會放下自我，毫不畏縮地挺身而出嗎？

第五章 —— Chapter 5

# 成長與學習

# 5.1 / 他們的學生時代

//「玩樂的確對他們的成長很重要！」A是在芬蘭土生土長的大學生，修讀醫科。他說，小時候沒有功課，分數亦到了十來歲時才開始出現，學生能更專注發掘自己的興趣和專長。//

本來沒有刻意要去芬蘭，但因當時在愛沙尼亞的朋友介紹了我一個船票優惠網站，於是翌日我就決定坐船從塔林（Tallinn）前往赫爾辛基（Helsinki）。

繞過洋溢著北歐風情的市集，隨電車穿越石板大街，每一塊被燈泡包圍的木屋櫥窗都擁抱著一個童年夢——糖果、玩具和巧克力。現代化的都市夾著紅磚綠頂的歷史建築，卻毫不突兀，反帶來一份懾人的魅力，令節儉如我的人竟可在這個連樽裝水都賣得特別貴的國家裡逗留。北風寒峭，原本坐在議會廣場上放空的我最終不敵冷流，聳肩縮背地走進室內博物館。

逛了幾個博物館，發現裡頭除了供大人參觀的部分外，也有專為小孩而設的小童館或遊玩室，放置了圖書、滑梯、塗鴉牆和可觸摸的展品等，裡面傳來孩子咯咯咔咔的笑聲。

「這裡的小孩真幸福，連博物館都那麼好玩。」有天我跟沙發主 A 說。

「玩樂的確對他們的成長很重要！」A 是在芬蘭土生土長的大學生，修讀醫科。他說，小時候沒有功課，分數亦到了十來歲時才開始出現，學生能更專注發掘自己的興趣和專長。

在填鴨式教育制度下成長的我，對這種學習文化的反差自然感興趣。

「以前讀書沒有甚麼課本，最多只有一些筆記，也沒有所謂的『科目』，總是就是甚麼都學，再從中挑選出自己喜歡的，在大學時繼續修讀。」A 說興趣是他們學習的基礎，老師會用各種體驗式的遊戲方式授課，例如糅合音樂和戲劇等元素，提升學生的興趣。

「記得初中時學校舉行了公投活動，學生可以提議並投票選出一個主題，那時候獲選的題目是『單車』，然後一連幾天，老師要我們自己搜集有關單車的資料再進行分析，最後以手作的形式展現所學到的知識。這些都不是甚麼科目的課堂，但我們學到的東西涉及多個範疇，包括物理和美術等。」

沒有誰強迫誰，課後也沒有一連串的補習班和非自願參與的興趣班，學生在好奇心驅使下自發學習，保存對事物熱切的本質。

翌日我們乘搭渡輪到芬蘭城堡（Suomenlinna）參觀，因正值冬天，很多設施都沒有開，我們經過靜寂的冰湖，進入了一間咖啡室。我從透明架上拿起一本介紹芬蘭城堡的小冊子時，發現旁邊有本《Suomenlinna for kids》，它跟大人版本截然不同，用了彩繪的方式和簡易的詞彙向小朋友介紹城堡，有可愛版的地圖、填色和字謎遊戲，遊戲底下要小朋友寫上「Solution」——剛才是怎樣找出答案的。

「這些小冊子都是找專人寫的，務求能用小孩看得懂的方式傳達訊息，同時也提起他們的好奇心，激發思考。」A 自小就被教導要學習思考，多於去背誦資訊。即使到了現在唸大學，也不會埋頭苦幹去讀書，而更多時候是透過個案研究和情境應對，跟同學一起討論出結果，將來能把知識真正應用到工作上。

他來自普通的家庭，對於自己最終能讀上喜歡的科目感到慶幸。「我們著重平等多於競爭，你看絕大部分的學生都是入讀公立學校的，不論你的家境怎樣，都能入讀同一間學校，得到相同的機會。」學生選擇主修學科的路向，也不會說醫生、律師等較高薪的職業就特別受到追捧，一切都以興趣為先。

沒有一套教育制度是完美的，也不一定能完全套用至其他地區，畢竟那需要根本性的文化改革、系統和資源配合等，但有些地方確實值得我們去反思。

當菁英的概念不存在，沒有人要贏在起跑線，成績和名次亦不再重要，小朋友可以回到最純真的童年，想起每個明天都會興奮期待，因為前路不是無止境的競爭和壓力，而是一個瑰麗多彩的新宇宙，等待被探索。

成長過後，賺再多的錢，也買不回當初的樂在其中。他們值得擁有一個更青澀快樂的學生時代。

# 5.2 ／ 國際失敗日

〃社會向來要我們追求成功，卻甚少教我們如何擁抱失敗。失敗是成功必經的階段，我們怎樣去看待失敗，能帶來不一樣的結果。〃

湖邊那間建立了百多年的小紅屋裡，播放著八十年代的經典情歌，侍應生將一碟肉桂卷放在我們的面前，兩位芬蘭朋友説他們在每年的十月十三日，有個叫作「國際失敗日」（International Day For Failure）的節日，這幾個字聽在耳中簡直如亙古奇聞。

在我的成長環境中，錯誤幾乎是不容許的，即使只是無心之失，也難逃旁人此起彼落的責怪聲。在街上跌倒哇哇大哭，會遭到喝止；考試達不到某個標準，會被質問為何辦不到；在公眾地方出糗了，懊悔感會跟隨著自己好一段日子。

久而久之，我們不敢再犯錯，失去冒險和嘗試的勇氣，人生再沒有意外。

想不到在地球的另一端，竟有人會歌頌甚至慶祝「失敗」。

「是的，這本來只是一個大學社團的活動，後來普及至芬蘭全國。在這一天，大家會在網上分享自己失敗的經驗。」其中一位芬蘭朋友說。「失敗日」甚至有一個網站（http://dayforfailure.com/），提議人們可以如何慶祝這個日子，包括拍下自己失敗的照片，或分享如何從失敗中學習等。

有人炫耀自己製作蛋糕失敗、第一次考車牌不成功，或演講時忘記台詞等。

「卸下失敗的心理壓力，明白人生並非事事順利，反而更鼓勵人們再接再厲。」她說。

社會向來要我們追求成功，卻甚少教我們如何擁抱失敗。失敗是成功必經的階段，我們怎樣去看待失敗，能帶來不一樣的結果。

想起自己在澳洲珀斯（Perth）的時候，有天我的沙發主買了一輛玩具車給她那幾歲大的孩子，他駕著車子從小斜坡俯衝下去，一時扭錯軚令車撞向大樹，他翻倒在地，光是看到也覺得痛。我心理上準備好聽沙發主對孩子破口大罵，然而回頭只見她笑到快斷氣的樣子。孩子本來一臉尷尬想哭，後來亦開始笑自己剛才的醜態。

一分鐘後，她才施施然走去看孩子有沒有大礙，然後跟他討論剛剛發生的事。

結果孩子發現了扭軚角度與車子方向之關係。重要的是，他笑著回家。隔天他再駕車走到斜坡上，已能把玩具車控制自如。

「其實笑笑自己的錯失也幾有趣，令大家覺得失敗其實沒有甚麼大不了，更會著眼於它的正面意義。」另一位朋友說。

我們的人生，都定必會經歷無數的跌跌碰碰，如能坦然地面對失敗，讓不順遂的經歷成為人生的養分，在屢敗屢試下，終有一天，一定能夠迎接努力的成果。

通往康莊大道不只有一條直路，一帆風順的人生看似夢寐以求，但卻錯過了迷路時的一片風景。學習那個勇於犯錯的小孩，如同當初蹣跚學步、喃喃學語的自己，誰不是從失敗中成長？

失敗跌倒不可怕，晃晃肩上的灰塵，站起來時更有自信。

## 5.3／埃塞俄比亞女孩

//「她沒法上學，應該說我們無法讓她上學，這些書本是鄰居小孩用完了，她自己拿來讀的。」E說。小妹拉著我的手，指著課本，大概是想我指導一下她，但我看不懂裡面的語言。//

機場大堂突然停電，走到門外就目睹兩輛小巴相撞，旁邊的男人還氣定神閒地在紙皮上下棋，棋子是隨地撿到的汽水瓶蓋，持槍的軍人見我愣住了，他上前檢查小巴的狀況，叫我稍等一下，別擔心。

雙腳走在濕漉漉的街道上，泥濘黏在登山鞋上揮之不去。雨季的埃塞俄比亞幾乎都被烏雲籠罩著，冷不防一場傾盆大雨，天氣下降至十度以下，晚上得要穿上防風外套方可入睡。之前朋友說暑假要到非洲避暑，我還以為他在說笑，現在才相信非洲某些國家可以有多冷。

在灰暗的背景下——年輕人拿著小白桶嫻熟地幫人擦拭皮鞋，婆婆彎腰頂著比自己的身體長好幾倍的柴行走，抱著嬰兒的婦人坐在地上乞求幾分錢，孩子從破舊的小巴探頭喊出一個我聽不懂的地方名，一群男人用長繩鞭打地下，發出如雷貫耳的聲響，聽說是在為某個節日作準備……

夜晚街頭黑黢黢的，有些家庭就燃起篝火，小巷頓時火光四射。今晚住在村落的一間小屋裡，有一家五口，排第二的姐姐E是我在問路時認識的，她的爸爸夜出工作，媽媽和大姐去了賣東西，而妹妹則在家裡做作業，一筆一劃的練習寫字，見我蹲下來看她，她把手上的半塊餅給了我。

「她沒法上學，應該說我們無法讓她上學，這些書本是鄰居小孩用完了，她自己拿來讀的。」E說。小妹拉著我的手，指著課本，大概是想我指導一下她，但我看不懂裡面的語言。

我不能教她甚麼，就只默默地坐在她的旁邊。她一直咕唧咕唧，我猜她在朗讀課本上的字，但細心聽發現原來她在模仿我進來時打招呼的英語。那大概是一個小時前的事了，她的小腦袋竟把句子牢牢記著，她應該不理解其意思，但還是張開小口背誦「Hi nice to...」。

想起在印尼同樣拉著我的手帶我去看瀑布秘境的小男生，我以為他想要甚麼酬報，後來才明白他不過是想多跟旅客接觸以學習英語。

學習對我們來說是很基本的事情，但看到這些孩子後，才回想起以往為何沒有珍惜唸書的機會，沒有看重能走上學校的日子，每當學期完結時，還恨不得把書本燒掉。

有好多事情，我們都視為理所當然。經歷過真正物質匱乏的生活，缺水了才開始會珍惜，當連盥洗都不一定可以的時候，就不敢再嘩啦嘩啦的放水，才發現原來用一滴水沾濕牙刷便可刷牙，原來能天天洗澡是一件如此奢侈的事情；沒有燈才會感激陽光照射的時刻，才幻想把光芒留住，在黑夜中總期待著天亮；紙不夠了就不再揮筆亂畫，善用每一寸空間，把字縮得愈來愈小。

車站裡的一個遊客小心翼翼地抹著新簇簇的白鞋子，旁邊的男孩抱著灰白的雙腳，連一雙鞋子也買不起，才明白世界沒甚麼叫作公平。路過的人都太幸福了，他們總是格格不入的悠然輕鬆，唾棄城中的孩子骯髒，怪他們死纏爛打央求你買幾張明信片，笑他們衣衫襤褸不要臉，揮走每一個淒苦求救的眼神，他們背負著甚麼故事，有誰會去用心了解？

我只知道，在路上遇上不少孩子，他們比我們更奮鬥，更珍惜生命中的每一個機會，他們值得一切的尊重，我們憑甚麼看不起那些比我們更努力活著的人呢？

好好學習，好好珍惜，不要浪費這份福氣，也別恃著這福氣，把仁義心丟失。

亞美尼亞 —— Armenia

# 5.4 ／ 街上的毛孩子

//「這與宗教、文化無關，與個人的憐憫心有關，與同情共感的能力有關，是與生俱來的。」男生微笑著說。//

年前我開始逐步地轉吃素，除了環保原因外，也因為在日本工作時親眼看著一隻雞由活生生到被屠宰再製成肉碎的過程，那是你在超市買一份包裝好的雞肉時不會刻意去聯想的可怕畫面。也曾在澳洲農場與很多動物相處過，感受到牛、羊、馬等動物也有靈性，我幻想如果牠們長得嬌小可愛一點，也許一樣可以如貓狗般入屋當寵物，一樣被人憐愛。

吃素與否牽涉到的議題太多，關懷物種的範圍要由寵物拓展至所有動物，需要社會層層遞進的意識推動。但不論是甚麼物種，日常對待動物的態度是怎樣，應否令牠們免於承受不必要的痛苦，都值得我們去思考。

那次坐共乘車到達亞美尼亞與格魯吉亞的邊境，我和其他乘客在過關後等待上車，其中一對中年情侶跟我閒聊，男的說自己的國家發展有多迅速，工作環境也愈來愈好等。關口外有一群流浪狗在遊蕩，那個男人忽然吹口哨吸引其中一隻小黃狗來到跟前，然而卻在毫無先兆下突然猛力拍打牠的頭，小狗痛得尖叫起來，我驚愕的看著他，請他住手。

他回應「OK」，溫柔地再次叫喚小狗，牠雖然害怕，但還是走了過去，男子冷不防再一掌摑向小狗，我惶悚地喝止，小狗嚇得發抖，高聲嗚咽，男子卻在大笑，旁邊的女子更拍手叫好。

「國家發展得怎樣快也沒用，你的人格卻如此低俗。」我抱起小狗，怒視那對噁心的情侶，「你將會是下一個。」我對著那個女人說。難以相信他們竟可做出如此反人性的行為，而鼓勵伴侶以暴力欺凌弱小的，終也會自食其果。

想起當我在土耳其的時候，令我最印象深刻的是街上滿布流浪貓狗，特別是在伊斯坦堡，每走幾條街就至少會看到一兩隻，牠們總是大搖大擺地走動，或安適地趴睡著，看起來健康乾淨，也不怕人，會乖乖讓你摸。有次在義工營吃飯時，碟上有些剩菜，營中的一位伯伯拿來餵飼流浪狗，又指那是很多街坊的共同習慣。

有天看到由當地人自發組成的愛護流浪動物隊經過大街，當中有大人和小孩，為毛孩提供糧食、清水和床鋪，他們的行為惹來眾人圍觀。

一位年輕男生剛為旁邊的一頭狗準備好床鋪，站了起來。

「你是伊斯蘭教教徒嗎？」一位遊客打扮的女人上前問他。

「是的。」

「那我明白了，我有看過你們的教規，說教徒應當愛護動物？」

「這與宗教、文化無關，與個人的憐憫心有關，與同情共感的能力有關，是與生俱來的。」

（It has nothing to do with religion or culture. It's about your compassion and the ability to show empathy. We're born with that.）男生微笑著說。

他回頭與那搖曳的尾巴，一同消失在街角盡頭。

## 5.5 ／ 旅途中的「上等人」

〃他們都穿著大牌子的恤衫和皮鞋，尚不評論這樣的裝束在高溫下走沙漠是否恰當，但在這場合穿便裝怎也屬正常吧！他竟在剛才的事情上教孩子人要靠衣裝，而不是討論有關「公平」的問題。〃

司機駕駛至撒哈拉沙漠的入口附近，在一間外表豪華、門外躺著數十隻駱駝的酒店前停下來，讓一批團友先下車去梳洗。其餘的幾位團友，包括我、幾個西班牙人和一個美國攝影師等，則被放置到幾百米外的一間明顯是次一等的酒店，門外一隻駱駝也沒有。下車時那些西班牙人與我對望，大家意識到發生了甚麼事，他們開始連珠炮發地大罵。

早些下車的團友與我們之間最大的分別是，他們都穿著得「端莊」一點，簡單來說，就是被認定為「上等人」，而其餘的人都打扮得樸素，大多揹著背包，因而被歸類為「次一等人」。負責人員說那是公司的安排，指這邊暫時未能安排駱駝過來，我們就只能一直等，他們還說我們可能會錯過日落！西班牙人表現生氣，因為他們早已打探過其他人所付的團費，其實都差不多，但我們卻因衣著關係而遭受不公平的待遇。

回程時，剛剛被列入「上等人」中有一對來自德國的父子，坐在我的後面，「衣著象徵身分。」父親對兒子說。他們都穿著大牌子的恤衫和皮鞋，尚不評論這樣的裝束在高溫下走沙漠是否恰當，但在這場合穿便裝怎也屬正常吧！他竟在剛才的事情上教孩子人要靠衣裝，而不是討論有關「公平」的問題。

司機說大家將會在廣場下車，其實行程表早就寫明了，所有人都會在廣場裡解散。但那個德國父親要求司機送他們去酒店。司機看起來應該六十多歲吧，皺紋滿臉，他說：「不好意思，做不到。」德國男再三要求，司機都說只能把車停在廣場。

「好吧，我會找你的主管，談談你的服務態度！」他低聲在司機的耳邊說，坐在小巴頭排的我聽得一清二楚。

只見眼前這位高大、頭髮帶點稀疏的中年男人，用的每一隻字都充滿威嚇性，擺出一副高姿勢去為難一位按章辦事的老伯伯。

「記住，長大後，你有更好的工作選擇。」德國男含沙射影地跟兒子說。兒子在下車時向司機投放瞧不起的目光，也不忘做出一個令人厭惡的鬼臉。

我看著這個男孩的背影，心想他無疑是個幸運的孩子，家境大概不俗，年紀小小就能跟隨家人到北非旅行。世界多大，家長卻把小孩困於狹窄的思想中，早上強化「先敬羅衣」的意識形態，下午再身教「職業分貴賤」，灌輸各種階級觀念，我也難以定斷，這種成長還算不算是幸運。

但願他長大以後，再次出走世界時，能跳出這種思想，別學他的爸爸一樣恃勢凌人，而是懂得尊重不同背景、職業和生活方式的人。

# 5.6 / 路上的課堂

//「試過錯過了一班車，『我們該怎麼辦？』我反問他。」Z覺得旅行最優勝的地方，就是能不時鍛鍊到孩子的逆境智商。//

一口氣把巴爾幹半島（Balkans）的國家逛完，最後來到了斯洛維尼亞，雖然一路從東歐和高加索（Caucasus）地區走來已看過無數的教堂，但布萊德島（Bled Island）上的中世紀教堂還是令我著迷，它被碧綠色的布萊德湖（Lake Bled）環繞著，白毛如雪的天鵝柔媚地在水面拍水，背景是阿爾卑斯（Alps）雪峰，叫人怎麼不心動？

在附近的青旅遇上澳洲男Z，帶著小孩一起來旅行，兩父子長得像餅印一樣，特別是那稜角分明的側臉和深沉的眼眸。起初以為他們來短暫度假，但原來他們由西歐走到巴爾幹半島，已遊歷近一年了。

「他現在是暫停了學業嗎？」我好奇地問Z。

「不，他在『Roadschooling』呢！」Z說。

男孩現在八歲，理應在讀小學吧，但Z眼見學校的課程千篇一律，因而在年前決定改用「Homeschool」的教學模式，簡單來說就是不帶孩子到學校上課，改為自學，那不一定是指留在家中，也有不少外國家長將教學搬到路上，帶小朋友從旅遊中學習，所以他覺得用「Roadschool」一詞更為貼切。

他是一名建築師，為了兒子的「Roadschool」而辭職，現在只接一些簡單的設計工作，而妻子則留在澳洲，兩人都早有共識如何分工令這個教育計劃能順利完成。

「白天我會帶他到處逛，晚上住青旅，每天我們都會檢討當天學了甚麼。」他坦然地說最初會擔心是否應付得來，因為始終有別於一般設定了課程與評估系統的學校，「Roadschool」是沒有一套學習標準的，但變相也多了彈性，所以他在選材時會謹慎一點，還需要定立計劃和目標。

「我帶備了幾本書和練習簿，亦會善用網上資源，讓他在空閒時間自修，慢慢就覺得自家教學不是想像中那麼難，最重要是看到他真的享受其中。」

Z說旅途中甚麼都能作為教材，「學數學嗎？單是兑換外幣和日常付款已令他的算術進步了；

看地圖多了就自然能增添地理知識；歷史嗎？每到一個國家前我都會跟他先看其歷史背景，而在歐洲隨處都能找到博物館，現在他對於第一次世界大戰比我還要熟悉呢；宗教嗎？最近他到過清真寺，都在問我有關伊斯蘭教的事情；還有語言，我選擇入住青旅，就是想他跟世界各地的人多交流，學習語言之餘，也提升了他的社交能力。」他說。

我留意到男孩跟青旅的人的互動，他能跟任何人輕鬆地對談，剛才又興奮地對我說明天會去藝術館，一點也不怕生，也許跟本身的性格有關，但Z說接觸的人多了確實令他的心胸更廣闊。

「最高興是看到他有自理能力，他每天早上會自行收拾床鋪，有時又會幫忙整理行李。後來我把看地圖和訂車票的重任都交了給他。」他稱呼孩子為「小隊長」，說想令他多一份任務感。

「試過錯過了一班車，『我們該怎麼辦？』我反問他。」Z覺得旅行最優勝的地方，就是能不時鍛鍊到孩子的逆境智商。「他經常問我為甚麼，說實話有時我也不知道答案，我也在學習，跟他一起成長。」Z輕拍孩子的腦袋說。

突然覺得這個非主流的爸爸真的很酷，想要小朋友跳出框架，其實他也必先跳出自己的框架，拋開主流的一套育兒思想。他深知這是一場試驗，只能盡力去教導和陪伴小孩。不論結果會是怎樣，我也相信，這一年對孩子來說，定是一個畢生難忘的回憶。

## 5.7／欣賞自己的模樣

//「抬起頭，看看自己是如此的美麗。」她把兒子帶到鏡子前，鏡片反射著站得筆直、手捧油畫的兒子。她說自己經常會這樣提醒著他，不想其他人拿走他的自信心。//

從北馬其頓到科索沃的小巴的空調壞了，窗是不能開的，在燠暑下我焗得快要昏厥，汗水浸透了衣服，經歷三個小時的煎熬後才到達首都普里斯提納（Pristina）。

站在新生紀念碑（Newborn Monument）前數數手指，這個只被部分國家承認的「新」國二〇〇八年才宣布獨立，也即是說在我入讀大學之前，「科索沃」這個地區還未以國見稱，如同千禧年代前的塞爾維亞和蒙特內哥羅（Montenegro）一樣。

街頭的橫額顯然地跟我在塞爾維亞看到的不一樣，兩國對於戰爭有「羅生門」的說法。當地人認為美國的幫忙令他們最終在慘重的科索沃戰爭中獲得想要的結果，因此視其為救世主一樣，在首都隨處可見美國國旗，還有一座美國前總統克林頓（Bill Clinton）的銅像，有些路甚至以他來命名。

走到阿爾巴尼亞族（Albanian）女生K的家作客，她七歲大的兒子有個可愛的蘑菇髮型和一雙水潤的大眼睛，一出來就吸引了我的目光。

文靜害羞的他，目不轉睛地看著我翻背包，我把隨身物件的故事告訴他，K坐在中間翻譯，兒子聽後對著我笑，有時搭一兩句話，然後回房間低頭做事。不知過了多久，他拖著幾幅大畫再次走到我的面前，星眸發亮的仰視著我。

「他說，他的畫作裡也藏著故事。」

近看畫布，上面有春意盎然的景色，也有繪畫細緻的人物，畫風帶點奇思狂想的感覺，色彩奪目，我不敢相信如此精湛的畫藝竟是出自這個小巧的孩子的手筆。他喁喁噥噥，介紹這是樓下的公園，那是叔叔睡覺時的樣子，說罷露出欣喜的表情。

「他本來就話不多，但特別喜歡畫畫，畫筆等於他的嘴巴，想說的都畫在裡頭。」K說，她在孩子很小的時候已知道他的性格內向，親戚朋友帶他去吵吵鬧鬧的聚會，要他多交朋友，反而令他很彆扭，也無法做自己。

「他也有自己的朋友，只是不愛嘈雜的環境，喜歡靜靜地沉浸在畫作之中。別人見他跟其他小孩不一樣，就覺得他有問題，卻忽視了他的豐富情感和創造力，這是他的天賦。」K沒有要求兒子在人群前表現自己，反而鼓勵他做喜歡的事情，教他欣賞自己的特質。

「抬起頭，看看自己是如此的美麗。」她把兒子帶到鏡子前，鏡片反射著站得筆直、手捧油畫的兒子。她說自己經常會這樣提醒著他，不想其他人拿走他的自信心。

鐘鼎山林各有天性，沒有誰比較好，就是各有不同。自問也是一個內向的人，K對兒子的開明令我感動不已，我在那個孩子身上彷彿看到了自己。

以前總是覺得自己有很多不足，例如不是特別善於社交，或眼睛不夠大、鼻子不夠挺，又覺得身上的疤痕很礙眼。後來才發現，原來獨處是自己最喜歡的一種養分；原來小眼扁鼻在很多外國人眼中是不同凡俗的美；原來疤痕代表著我的經歷，「那次我在日本……」現在每當別人問起，我還可以道出當中的故事。

旅行後我才開始懂得擁抱自己真實的模樣，明白自己不需做到「天下之最」才稱得上獨特，我是我內外所有特徵的總和，已是世上獨一無二的。

「抬起頭，看看自己是如此的美麗。」

每次當我否定自己的時候，我也希望有人對我說這樣的一句話。如果沒有，就跟自己說一句。那不是一種無藥可救的自戀，而是明白到沒有人是完美的，但卻獨有千秋，在各自的星球中閃閃發亮。

但願你也會懂得和接納，世上每一個人都是不一樣的。

也願你在未來的日子裡，學會不再用力去討好別人，而且會更努力的讓自己喜歡自己。

## 5.8 / 我的志願

//沒有令人感意外的答案，就如他們往後要走的路一樣，都是朝著可預料的方向——上大學、讀專科、成為專業人士，再以工作報答領導人的恩情。//

當天在平壤（Pyongyang）的大街上，經過傳説中只有某些髮型可選的理髮店，店舖外貼有宣傳海報，轉角不時會發現大型標語。入夜後，即使全國的資源幾乎都集中在這裡，但電力依然短缺，除了一些重要建築物上的亮燈外——比如領導人的畫像永遠有射燈照著，其他地方基本上都沒甚麼燈光。

民眾佩戴著金日成和金正日的像章，男士穿的都是素色的中山裝，女士的服裝則較鮮艷多色，多數穿著裙子和高跟鞋。相比起我在火車窗外看到的鄉村平民，平壤人的衣著光鮮很多。

後來拜訪了位於平城市（Pyongsong）的金正淑第一中學，是北韓中的模範學校，距離平壤大約一個小時車程。抵埗後校長帶我們遊覽校園，各樓層的走廊通道偏暗，樓梯上的牆壁掛的都是一些你我早已忘記得一乾二淨的數學理論，學校似乎是以理科為主。最令校長引以為傲的，就是曾經派出學生到外地參加奧數賽。（然而校長卻沒跟我們提到，之前有幾位學生赴港參賽，其中一人趁機「脱北」了，在科大留宿期間到韓國駐港總領事館尋求庇護。全場的香港人都知道此事，但或許因為北韓的新聞封鎖了，校長似乎並不知情。）

他帶領我們走進一間正在上課的班房，我和團友跟一些學生交談，而這些被安排接觸外國人的學生都是最優秀的，英語説得很好，亦大方有禮。

問他們有甚麼志願，有的想做科學家、有的希望做醫生、亦有人想做物理學家。

「為甚麼？」我們問。

「因為我的數學好。」希望做醫生的學生説。

「因為想住在平壤的未來科學家大街。」想做科學家的學生説。

「你知道科學家是做甚麼的嗎？」他答不出來。

「平時有甚麼嗜好？」我問另一位男生。

「數學。」他回答説。

「放學後會做甚麼？」我問一位女學生。

「我年幼時會去少年宮，喜歡學跳舞和唱歌。」她說。

「中學畢業後想做甚麼？」

「上大學。」再問她想做甚麼職業時，她不知道。

「你覺得你們的領袖怎樣？」她聽後露出了歡喜的神情。

「他是最好的。」她說。

當我問他們想去哪個國家，大部分人都說 DPRK（北韓正統名稱的縮寫）（註）是最好的，亦有人答俄羅斯。我後來也訪問了一些在職人士，他們的世界觀並不廣，除了北韓外，對他們來說世界上主要還有南韓、俄羅斯、美國和中國。

「你覺得 DPRK 最好的地方是甚麼？」我繼續問她。

「我們是社會主義國家，而其他國家都是資本主義的。」她說。

沒有令人感意外的答案，就如他們往後要走的路一樣，都是朝著可預料的方向——上大學、讀專科、成為專業人士，再以工作報答領導人的恩情。

生於北韓的人，一生的所有機會幾乎都取決於他們的「出身成分」（Songbun）。他們被分成三個主要階層，而我們接觸到的，包括這些學生和住在平壤的人，正是少數的「核心階層」，屬最高級別，除了可得到物資和糧食的優先分配外，在入學、就業和醫療等方面都有特權待遇。

不少人會替北韓人感到可悲，覺得他們活在籠裡，像那些學生的志願，或理髮店裡的國家指定髮型一樣，來來去去都是那幾個選擇。但如果自由與幸福感是相對的，他們並不知道外面的世界是怎樣，打從一出生已沒法對外比較，便容易對自己的生活感到滿足。特別是核心階層的人，只知道自己是高等的階級，上最好的學校，能到少年宮學習技藝，過著相對較好的生活。

對於習慣信服而不知情的特權階層，領袖說他們是快樂的，他們便是快樂的。但那些被壓迫的低下階層、經歷九十年代「苦難的行軍」大饑荒的年青一輩，或每天接觸眾多遊客的導遊，也許多多少少會起疑，或察覺到自己的世界跟外面的有多不同，眾人皆醉唯你獨醒的，會否更痛苦？當中又有多少人寧願繼續沉淪於是非不明之中？

這些滿懷大志的學生，只要能在框架中作出選擇，他們便覺自由，我們又如何去定論，誰比較幸福？

---

註：DPRK 是「Democratic People's Republic of Korea」的簡稱，中文為「朝鮮民主主義人民共和國」。

## 5.9 ／ 只有上帝能審判我

//想不到只會用土耳其話說「你好、早晨、晚安、謝謝」的我竟可跟不會英語的她們嬉鬧半天。我讀語言出身，知道語意傳達不限於文字和說話，還有動作、圖畫和情景等。但語言學家大概忽略了一個重要的溝通元素，其實貫通那天整場對話的，還有一份愛。//

在土耳其義工營的日子永不單調，這天我負責打掃馬場，隔天到有機農田採摘蔬果，再幫忙搭建臨時帳篷，後來被安排到廚房工作，有時又會陪同服務對象參與各種活動，例如一起學跳舞、玩紙黏土和游水等。

黃昏時我會加入他們的排球比賽、或食物感恩慶典，他們又會每晚圍在大樹下唱歌，為我準備好熱騰騰的紅茶，因為我總在某個時候拿著木凳和結他過去，跟他們的烏德琴（註）來個不怎麼合拍但大家卻自得其樂的大合奏。

我的服務對象主要是當地的傷殘人士，這個度假營的存在就是希望能做到「社會共融」（Social Inclusion），讓他們可以像其他人一樣能享受戶外活動的樂趣，如騎馬和歷奇活動等。

這段日子改變了我對殘疾人士的印象，瞭解到他們需要的不一定是別人的幫助，其實很多日常事務他們都可以自己處理，比如失明的人把陌生的路走一兩遍便會記得，他們看不到但聽力反而更靈敏，學跳舞時比其他人還要快上手。許多時候，他們需要的不過就是你的陪伴，或希望你以平等的目光看待他們。

這天來了一班十來歲的健全少女，跟我之前的服務對象並不一樣。我只知道她們是機構當時進行的另一個計劃「賦予女生力量」（Empowering Girl）的對象。她們大多都有鼻環和紋身，有的畫了成熟的煙燻眼妝，看起來沒有很友善，但這反而吸引了我的注意。

其中一個女生離開了人群，獨自坐在一旁玩石頭。我拿起地上的幾塊小石，有意無意的坐在她的附近。

我把石頭慢慢疊高，女生果然好奇地把眼光轉過來，我戚戚眼眉示意讓她來疊下一塊石頭。她淺笑，帶同石頭走到我的身旁。

人與人之間的隔膜，大概都是從一個笑容開始被打破的。

就這樣你一塊我一塊的，把石頭疊至大概第七層時，我在上面再添一塊，手不慎碰到別的石頭，石堆撲騰塌下。女生開懷大笑，我也笑了，她得意洋洋地指著自已，表示自己勝利了。在看似叛逆的形象下，埋藏著一顆單純的心。

她看起來十五、六歲吧，赤著雙腳，一頭鬈曲的短髮，左眼眉穿了眉環，雙眼像能看穿靈魂似的。我瞄到她的前臂有個大大的紋身，寫著「ONLY GOD CAN JUDGE ME」。

突然想起出發前主辦機構派發了一些金色的紋身貼紙，我讓她選了兩個貼在身上，她好喜歡。她的朋友看到了也大讚好看，紛紛前來選貼紙，直至每個人身上都金粉閃閃，她們友善地向我道謝，然後我們一起玩樂。

想不到只會用土耳其話說「你好、早晨、晚安、謝謝」的我竟可跟不會英語的她們嬉鬧半天。我讀語言出身，知道語意傳達不限於文字和說話，還有動作、圖畫和情景等。但語言學家大概忽略了一個重要的溝通元素，其實貫通那天整場對話的，還有一份愛。

笑聲傳到營中負責人之一的S的耳中，她走過來，說第一次看見這班女生笑得那麼開心。

「她們都來自特殊的家庭，有的父母被判監，或意外身亡。她們年紀輕輕就背負著很多社會上的標籤和心靈上的苦痛，我們就是想建立一個共融和諧的環境，讓她們偶爾過來放鬆一下，我們教授她們各種技能，給予她們自信。」S說。

我再次望向女生的紋身——「ONLY GOD CAN JUDGE ME」。

「你明白這句說話的意思嗎？」我問女生，S作翻譯。

「明白，所以我才把它紋在身上。」女生盯著那黑實的文字說。她不經意地把手一反，我隱約看到她的手腕上，有多條深深淺淺的疤痕。

我的心揪了一揪，這彷彿是對社會的一種無可奈何的控訴。每一顆字、每一條割痕，都帶著悲傷與不忿。

也許，語言不通有一個好處，就是難以將對方過去的故事挖得太深。

夜色漸暗，其他人都回房間了，女生還在外面。

她帶我穿過茂密的樹叢，走到一間木屋前，屋內傳來結他聲。這是機構的樂隊平時練習的地方，其他人基本上不會來這裡，但樂隊的人說，女生閒時喜歡獨自來聽音樂。

我倆坐在門外的木地板上，靜聽著那隨風飛躍的歌聲，飄揚至森林那條深刻的稜線之中。

那一刻，語言失去了意義。

註：烏德琴（Oud），是一種源於中東及非洲東、北部地區的傳統弦樂器，有「中東樂器之王」之稱，有說西方的吉他就是由烏德琴演變而成。

L227 R226

## 5.10 ／ 誰偷走了時間？

//「值得花時間與否，你會知道的。我們的時間有限，多放在值得的人身上，就是那些會在意你的感受，跟你有心靈聯繫的人。」//

從南非的約翰尼斯堡坐過境大巴到莫桑比克的首都馬布多（Maputo）找沙發主，沒想到在過關後，巴士竟然不等我就開走了，我的大背包還在車上，剩下兩袖清風的我在關口裡感嘆人生。

幸得熱心人的幫助，有人載我去追巴士，但不果，最後追上了另一輛同樣開往首都的巴士，巴士司機聽了事情的來龍去脈後，便讓我上車。我又極其幸運地在車上認識了一位大哥，到達首都後他的家人開車來接他，也順道載我去換錢，幾番波折後他們幫我找回背包及聯絡沙發主。

就這樣，我折騰了一整天，心情猶如坐了一程過山車。

夜深，他們還載我到沙發主M的家。下車後，我瞠目結舌地瞧看著眼前的建築物說：「這可是……超級豪宅呢！」M的工人姐姐開門給我，寬敞的大屋配上一望無際的海景，這天真的是驚喜連連。

一晚呼呼大睡後，第二天早上我才看到M，他剛從安哥拉（Angola）工作回來。

他五十多歲，是一名蘇丹人，從小到大都被認為是優秀分子，以前入讀蘇丹（Sudan）的精英學校，「就讀這些學校的孩子都經過基因和智商測試，父母需擁有德高望重的身分職業，也要跟政府有一定的關係。」M說，除了學術成績要好外，也需在多項運動中得到優異表現，更要接受各種軍事訓練如射擊等，亦有心理上的鍛鍊，學校致力要培訓出社會未來的領袖。

後來因政府倒台，M去了英國讀大學，畢業後卻始終因膚色問題而得不到太多機會，輾轉間到了莫桑比克和安哥拉大展拳腳，現在從事人臉檢測等科技工業，事業挺有成就的。

聽過他的故事後，我問他：「以你的人生閱歷，你會給現時廿幾歲的我一個怎樣的忠告？」

「以我現有經驗，我會告訴你：『留意時間』（Be aware of time）。我在你這個年紀的時候，總覺得自己擁有著全世界的時間，但日子一天一天地過去，其實只要認真地計算，就知道時間並不多，才開始去思考自己把時間都放到哪裡去。

「我跟妻子很早就離了婚，育有一女，現在我會想自己應該花更多時間去了解她們，也許結局會變得不一樣。」事業有成的他，坦言婚姻卻不怎麼快樂，「可能太專注事業了吧！把時間都側重於一方，我應該要有更好的時間分配。」話後他陷入了沉思。

「但是，怎樣才知道自己沒有浪費時間？」我問。

「值得花時間與否，你會知道的。我們的時間有限，多放在值得的人身上，就是那些會在意你的感受，跟你有心靈聯繫的人。」半晌，他又說：「生活要有平衡，重要的事不可能只得一件。還有就是，口袋裡長期有幾件想完成的事情，不時拿出來問自己，應怎樣逐一去實現。」

「你剛才說你昨天經歷一番勞累，那你會覺得自己在非洲很浪費時間嗎？」他反問我。

我想了又想，說：「難以衡量吧！對，我的確花了很多時間在一件不應發生的事情上，但我出來旅遊早就將這些突如其來的事件預算在內，這是我的選擇，好壞事情我都會照單全收。也許我失去了時間，但若不是車開走了我也不會遇上那些好人，讓我感受到人間有愛。我深信我的將來，依然會感激今天在路上這一切的浪費。」

「那麼你已經有答案了。」他說。

時間是很容易被無視的東西，我們都認識它，卻總會嘗試忽略它，彷彿不面對就不會失去。年少氣盛時，甚至覺得自己可以超越它，想像能逃到一個無分秒的時空，好讓自己不成為時間的奴隸。

這種傲氣會逐漸消退，時間會悄悄地顯示在你的皮膚褶皺、身體狀況和心境智慧裡。到了某個時刻，你會發現自己不得不去正視它。其實它並不殘酷無情，它早已給你許多機會，只是你一次又一次地磨蹭它，讓它不帶意義地流逝。

物換星移，到時候莫悔恨誰偷走了時間，因為今天怎樣去運用它，把它放在甚麼的人和事身上，全是你今天的選擇和責任。

時刻提醒自己，我們剩下的時間並不多。

今天開始，只做值得的事情。

Quechua

XXV

後記——一

# 那條獨行的人生路上

這次的長征之旅，我從二〇一八年出走流浪，到二〇二〇年剛好回家度過生日。

問我一個人旅行寂寞嗎？有時候吧，雖然偶爾會遇上新朋友，但亦有許多獨個兒的時光。這種孤獨是自己選擇的，想要自由就必須承受一點孤單、一點疲倦、一點壓力，因為你從大多數人走的路中另闢蹊徑，在探索的過程中就只能與自己作伴。

有時像一個荒唐的午夜，獨自撐著舟漂浮於大海，在萬籟俱寂下征塵迷濛，看著那顆劃破天際的流星尋路向，是浪漫、是無拘無束，但也會徬徨。而反正我已在海中，我就張開雙手，順水漂流，沒有星光我就擁抱未知，遇上新事物我就停下來欣賞，才發現原來一個人靜下來的時候更能聽見，更會分清各種水聲，才疑惑以往為何會把它們混為一談，只能辨出一種聲音。

在過程中我感受孤獨、拒絕孤獨，到接受孤獨，然後迎接孤獨。人生本來就需要孤獨，「獨」是圓滿的狀態，從容的面對自己，心中淡然，誰也不能牽著你的鼻子走，你也不用找誰賴以生存。

有人說，旅行是逃避現實，我說我不過是跳進了另一個現實，它更貼近人性、貼近生死，也更貼近自己內心的想法。

在旅程走了約三分之一的時候，我在筆記簿上寫了這段說話：

「有時真的很累……不知走了多少的路、坐了多少次夜巴、吃了幾多個杯麵、睡了幾多張沙發，但只要一想到，自己真的不知到了哪年哪日再也揹不起這個背包，就捨不得放棄。很多人會說，這個年紀，不是應該結婚生孩子，或有穩定的事業嗎？但我不趕，想起一首歌，如果一生只有三十歲，我還會日夜趕上社會的標準嗎？還會花時間去滿足別人的期許嗎？還會煩惱無關痛癢的事情嗎？也許不會。我不知我何時會死，我大概是因為怕死，現在才拚命去看世界多美，人性多美，我才不願把自己困在一式一樣的倒模裡，把熱情消磨殆盡。」

我做到了，至少在忠於自己方面，我做到了。朋友說我是夢想家，我說這個講法不全然，我是一個「行動派」的夢想家，從不只有空想。

看著手機地圖上那些密密麻麻的標記，想不到自己竟可走過那麼多個國家，從負四十度的冰天雪地走到四十度的沙漠地帶，由歐陸小鎮走到烽火大地，從富裕走到貧窮。我常說自己天不怕地不怕，其實才不是呢！我在崖上的教堂腳會抖，每當我帶齊裝備潛入水底我都覺得自己喘不過氣，在埃塞俄比亞首兩天人生路不熟，甚至躲在青旅不敢外出。每一次出走，我都怕回不來，卻又不想錯過，所以每一次的機會，我都會去捉緊。

我在想，每個人都對自己的生命付出不同形態的勇氣，而我的勇氣，就是一些看似不可能的事情，我都用我的雙足去證明它的可能性，有種不走過不心息、不試過不服輸的心態，就怕當下是我最後能抓緊的一刻，無法走過的路就想辦法走過，疲累了就再堅持多一會，這個就是我。

這份勇氣，也牽引我遇上那些人，讓我與他們的軌跡交錯，他們同時在我的生命裡注入愛。我每天都在聆聽，也在學習，靠著那一點一滴的養分走下去，收集閃閃光輝，再搖搖灑落四周，令你我從中找到合適的故事，放進自己的故事中，也帶到他人的故事裡。

我們的故事，相似卻不一樣，在起起伏伏的人生中，那條獨行的道路上，我們都有了彼此。

後記——二

# 流浪的終點

離開需要勇氣，回來需要更大的勇氣。

在回程的飛機上，俯瞰那塊獨特的版圖，當星羅棋布的高樓映入眼簾時，我就知道，我真的回家了。彷彿在世界繞了一圈，才發現自己更愛惜這個地方。

坐在熟悉的巴士上，從小到大都能看到的叮叮車在眼前溜過，繞過那間充滿回憶的雲吞麵店，最後停在街口處。回到屋苑裡的噴水池旁，豎立的街燈照著慢步行走的路人——剛下班的、買菜回來的、閒適散步的。驟眼看一切如常，縱使整個都市的氛圍已不再一樣，不安的感覺如藤般蔓至生命的每一個角落，生活依舊進行。

旅人歸來，要面對的，不再是攀山越嶺後的汗水黏膩，也不是簽證過關時的費舌勞唇，而是經過一圈漣漪後，如何回歸平常。於是，我又重新適應，努力去銜接生活，而這種生活，是有別於流浪時的期盼，而是每一天都不知道能否承受明天的變遷，只知道往前是唯一的方向。

而最難面對的，卻是自己的目光。曾經踏足過的每一片土地，都教我不能再用出走前的眼光去看待這個家。世界是一面鏡子，反映了的事情都無法視而不見，彷彿一切都有跡可尋。

世界紛亂，黑白混沌，在這麼近又那麼遠的家裡，我們都在思考著如何自處。在迷惘的時候，更要提醒自己保持知覺，於大是大非面前，不要放棄求真，儘管吃力不討好，但苟且於辯證，並不會讓生活過得更美滿。

如若你仍有著這份洞徹的心力，請捧在手心，珍而重之。分清黑白並不會讓你一夜致富，但至少你做人正直，在崩壞的時代留得一身清氣，以良知驅使，往後的人生路由它去導航，不悔當初。

我只知道，香港這個地方，世界無可比。這裡有與市區相依相鄰的秀麗山景，也有霓虹燈下的璀璨夜市，而生活於此的人，有的不為金迷紙醉而活，只望在黑暗中不言退縮。淚水充斥著過去的年月，卻沖不走信念，更洗滌出一份人情味，在各人的心裡種下了深不可拔的根。

人們常歌頌離家後的奇遇，卻很少去欣賞那些留下來的人，在平凡的日子裡堅持著，在困難中捍衛家園。

這是我們的家。
前路也許不輕鬆，但並肩同行，總得見光明。

這是我的家。
把走過世界的勇氣，留下來再練習一遍。

白清／攝

1 在莫斯科接受了一個俄羅斯電視台的訪問 / 1.3

2 羅馬尼亞圖爾達的地下鹽礦遊樂場 / 1 7

3 在印度的「垂死之家」與修女合照 / 2.3

4 在土耳其的迪亞巴克爾裡，一班庫爾德人坐在茶館玩骨牌遊戲「Okey」 / 2.6

5 | 6
7 | 8

5　在秘魯亞馬遜森林區域裡的一隻正在吃樹葉的樹懶 / 2.9

6　帶爸爸遊覽加拿大的班夫國家公園 / 3.1

7　伊朗沙發主 A 的鄰居們 / 3.5

8　在智利的卡尼公園裡行山 / 4.3 & 4.4

1 | 2
3 | 4

1 斯洛伐克的沙發主和其他沙發客 / 1.1
2 我與 E 的女兒 Bogi 在遊樂場裡嬉戲 / 1.6
3 阿布哈茲首都蘇呼米裡的一個車站 / 3.6
4 納卡首都斯捷潘納克特的爺爺嫲嫲雕像山 / 3.7

| | |
|---|---|
| 5 | 6 |
| 7 | 8 |

5　索馬利蘭朋友 Z 親自選材製作國旗送給我 / 3.9

6　撒哈拉沙漠的日出景色 / 4.8 & 5.5

7　土耳其女生手上的紋身 / 5.9

8　位於土耳其卡敍裡的國際義工營 / 5.9

1　斯洛伐克的一座高山上 / 1.1

2　俄羅斯的沙發主也參與我的「快樂計劃」 / 1.5

3　伊朗大不里士的沙發主，和其他沙發客（當中的男沙發客後來當了我在土耳其特拉布宗的沙發主） / 2.6

4　阿塞拜疆戈布斯坦裡的兩座泥火山 / 3.7

| | |
|---|---|
| 5 | 6 |
| 7 | 8 |

5 維多利亞瀑布，右上方是魔鬼池的位置 / 3.8

6 在澳洲內陸的一個農莊裡，我與 W 的大狗 Sirge 一起走到草原 / 4.9

7 在印度色彩節當天，我與沙發主和大廚 O 合照 / 4.10

8 在土耳其的以弗所裡，一個男孩在撫摸路邊的一隻流浪貓 / 5.4

1 與三位德國朋友走上印尼的伊真火山，此行程是由外南夢民宿負責人 B 安排的 / 1.1 & 1.2 & 3.3

2 在的的喀喀湖上，烏魯族人 E 教我們如何捕魚 / 2.1

3 攀上懸崖教堂的途中，與剛認識的埃塞女生合照 / 2.4

4 穿著埃塞俄比亞的傳統服，在首都阿的斯阿貝巴參與每年一度的梅斯克爾節 /2.4

5 非洲村落裡的小孩子 / 4.2 & 5.3

6 斯洛維尼亞的布萊德島和布萊德湖 / 5.6

位於巴塔哥尼亞的莫雷諾冰川 / 1.4

阿根廷的菲茨羅伊峰 / 1.4

地球的最後一片淨土 —— 南極洲 / 2.5

俄羅斯西伯利亞的貝加爾湖 / 4.1

印尼婆羅摩火山的晚霞景色 / 1.2

玻利維亞「天空之鏡」的星空 / 3.2

土耳其卡帕多奇亞的熱氣球美景 / 3.4

伊朗的馬哈爾盧粉紅鹽湖 / 3.5

位於東非大裂谷北部的達納基勒窪地的七彩硫磺湖 / 2.4

格魯吉亞梅斯蒂亞的風景 / 2.7

在納米比亞遇上長頸鹿 / 3.8

馬達加斯加的猴麵包樹大道 / 4.5

# 那些陪我走過世界的故事

作者——查花
編輯——阿丁 Ding
設計——missquai

出版——格子盒作室 gezi workstation
郵寄地址：香港中環皇后大道中 70 號
卡佛大廈 1104 室
臉書：www.facebook.com/gezibooks
電郵：gezi.workstation@gmail.com

發行——一代匯集
聯絡地址：九龍旺角塘尾道 64 號
龍駒企業大廈 10B&D 室
電話：2783-8102
傳真：2396-0050

承印——美雅印刷製本有限公司

出版日期——二〇二〇年七月（初版）
二〇二〇年九月（第二版）

ISBN——978-988-79670-0-2